# 脳科学捜査官　真田夏希

## エキセントリック・ヴァーミリオン

鳴神響一

角川文庫
23729

# 目次

# 第一章　逮　捕

## 【1】

空はすっきりした薄青に晴れて、明るい陽光が降り注いでいた。

真田《さなだ》夏希《なつき》は予定より少し早い電車で鎌倉《かまくら》駅に着いた。

右手にはとんがり帽子の時計台を中央に据えた駅前広場が見える。

見るともなく眺めていると、西口にはカップルや女性グループ、高校生くらいの少年たちなどの観光客が笑いさざめきながら広場を出ていく。

東口から海のほうに下った若宮大路《わかみやおおじ》沿いの鎌倉署には、夏希は事件で行ったことがある。

バスターミナルのある東口はもっとたくさんの観光客がひしめいているはずだ。

例年だと七月中旬は梅雨のさなかだが、昨日からよい天気が続いている。

今年の梅雨明けは早そうだ。

三列の自動改札機の中央から長身の織田《おだ》の姿が現れた。

白いシャンブレーシャツに淡いブルーのウォッシュドデニムというカジュアルなスタイルだった。

織田はすぐに夏希に気づいて近寄ってきた。

夏希はかるく手を振った。

「こんにちは、晴れましたね」

明るい声で夏希はあいさつした。

「気持ちのいいお天気ですね」

口もとに笑みを浮かべて織田は微笑んだ。

織田の選んだ店でランチして、北鎌倉の明月院《めいげついん》で紫陽花《あじさい》を見る予定だった。

先週交わしたメールで、今度の日曜日は鎌倉へ行こうと、なんとなくそんな話になったのだった。

久しぶりの織田とのデートに、夏希はウキウキした気分が抑えられなかった。

買ったばかりのワンピースを着てきたのも、そんな気分からだったかもしれない。

白地に色とりどりの花を描いたボタニカル柄のワンピースは、肩から裾《すそ》に向かって広がるシェイプを持っている。

夏希は自分のスタイルにかるいコンプレックスを抱いていた。

スレンダーで背は高くないのだが、骨格がしっかりしている。要するに骨太なのだ。薄手の素材だと、ゴツゴツした体型が目立ってしまう。その意味で夏は苦手だ。そんなウィークポイントをカバーできるAラインのスタイルを意識してみた。

「陽ざしがつよいですね。一五分ちょっと歩くんです」

空を見上げながら織田は気遣わしげに言った。

「いえ、雨降りよりずっと楽しいです。それに歩くつもりで来ましたから」

夏希は笑顔で答えた。

今日は歩きやすいフラットシューズを選んでみた。

この時期の紫外線は強力なので、ストローハットをかぶってきた。

「それならよかった。明月院の紫陽花は雨降りのほうがきれいなんですが、いいお天気だと気分も明るくなりますね」

ふたりは線路沿いの道を並んで北鎌倉方向に歩き始めた。

今小路《いまこうじ》という優雅な名の道に出ると、老若男女の観光客に交じって道を急ぐサラリーマンの姿も見られた。

住宅と小さな店舗の続くなかを歩いてゆくと左手に寺の山門が現れた。

緑青色の銅屋根に退色した丹塗りの柱を持つどっしりとした総門だった。

「寿福寺《じゅふくじ》ですか……」

案内表示板を見て夏希はおぼつかなげな声を出した。

聞いたことのある名前だが、思い出せない。

「鎌倉五山の第三位です。参道以外は一般公開していないので観光客は少ないです」

ふたりは山門へ足を踏み入れた。

古い石畳がまっすぐに灰色の屋根瓦《やねがわら》を持つ中門へと続いている。

参道の左右には杉の古木が並び、カエデの枝が石畳に青々しい葉を伸ばしている。

木々を渡ってくる薫風が身体じゅうに心地よい。

「きれいな参道ですね」

参道の左右を見上げながら夏希は言った。

「鎌倉一の参道と呼ばれています」

「紅葉の時期は素敵でしょうね」

夏希の言葉に織田は静かにうなずいた。

「ええ、秋も素晴らしいですよ。その頃にまた来たいですね」

織田はさらりと嬉《うれ》しいことを口にした。

参道には欧米人の家族と思《おぼ》しき観光客や、老夫婦らしきカップル、スーツ姿の男性など多彩な参拝客が歩いていた。欧米人はスマホをしきりと周囲の風景に向けている。

中門にたどり着くと木柵《もくさく》の奥には仏堂と鐘楼が見えている。

「ここからは檀家《だんか》の人しか入れません」

そう言いながら、織田は左手に続く細い道へと曲がった。

北条政子《ほうじようまさこ》と源《みなもとの》実朝《さねとも》の墓の案内表示を眺めながら墓地を通り過ぎる。

「ここには大佛次郎《おさらぎじろう》や高浜虚子《たかはまきよし》などの文人の墓もあるんですよ」

坂を下りながら織田は言った。

以前に瑞泉寺《ずいせんじ》に行ったときもそう思ったが、織田は鎌倉の寺院についてなにかと詳しい。

何度も訪れている話は聞いたことがあった。

「さすがに五山ですね」

「寿福寺は源頼朝《よりとも》が没した翌年に、その菩提《ぼだい》を弔うために、北条政子が建立したと伝えられています」

しばらく歩くと目の前の白っぽい岩肌に、ぽっかりと口を開けた素掘りの洞門が現れた。

「不思議なトンネルですね」

「鎌倉にはこうした素掘りのちいさなトンネルが多いです。この洞門も誰がいつ掘ったのかわからないようです」

洞門の先には生垣に囲まれた静かな住宅地が続いていた。

細い道の両側はすごく立派なお屋敷だった。

「素敵な住宅地ですね」

夏希は感嘆の声を漏らした。

「ここ扇ガ谷《おうぎやつ》は雪ノ下《ゆきのした》や二階堂《にかいどう》と並んで、むかしながらの鎌倉らしさが味わえる土地です。目指すお店はもうすぐです」

織田は道の先を手で指し示した。

数十メートル歩いた突き当たりにも木々に囲まれたお屋敷が見えた。

数段の石段を介して瓦屋根と淡黄色の漆喰《しっくい》壁が洒落《しゃれ》た棟門が建っていた。

石段の脇に《茶歩》と記された看板が掲げてある。漢字の下には「Ｓａｈｏ」とあった。

「ずいぶん歩かせちゃったけど、到着です」

明るい声で織田は言った。

「素敵なお店！」

大正期か昭和初期か、一〇〇年近くの時間を経た雰囲気を持つお屋敷だ。

ここがランチのお店とは嬉しい。

織田が先に立って棟門を潜った。

母屋へ続く石畳のアプローチの左右には庭が続いている。

棟門と統一感のあるデザインの玄関から夏希たちは建物内に入った。

「いらっしゃいませ」

黒いワンピース姿でボブヘアの若い女性が奥から出てきた。

織田が名乗ると、女性は夏希たちを広い和室に案内した。

和風だが、どこか近代的な雰囲気を持った部屋だった。

畳の上に絨毯《じゅうたん》が敷かれ、五脚の木製テーブルが設《しつら》えられている。

時間が少し早いせいかほかの客はいなかった。

夏希たちは窓際のテーブルに通された。

目の前にはよく手入れされた庭園がひろがっている。

この部屋は庭を見るために、二方向が一面の腰高のガラス窓となっていた。

「きれいなお庭ですね」

「七代目小川治兵衛《おがわじへえ》という京都の名庭師が作ったそうです」

織田は庭へ目をやっておだやかな声で言った。

青々としたゆるやかな芝生の下方に、水の流れが作られていて清々《すがすが》しい。

和室と同じく、伝統的な日本庭園ではなく、近代的な雰囲気を持っている。

夏希たちはふたりとも、ビーフシチューのランチとスパークリングワインをオーダーした。

グラスを掲げて乾杯する。

「この最高のランチタイムは秘密ですね」

いたずらっぽく夏希は笑った。

「僕が真田さんを食事にお誘いするのは適当ではないかもしれません。でも、職場ではゆっくりお話しすることはできませんから」

まじめな顔で織田は言った。

「わたしも隊長でない織田さんとお話ししたかったです」

夏希の本音だった。

さっきの女性が頼んだ料理を運んできた。

和牛のほほ肉とトマトを三日間煮込んで仕込んだというビーフシチューは、コクがあってすごく美味《おい》しい。どこかなつかしいやさしい味だった。

添えてあるバターライスもシチューとよく合った。

食後にはチーズケーキとコーヒーを頼んだ。

「僕は真田さんをサイバー特捜隊員として迎えることには躊躇《ちゅうちょ》がありました」

静かに織田は口を開いた。

「わたしはサイバー犯罪についての知識はまったくの素人ですから」

異動からずっと夏希はサイバー犯罪への徹底的な知識不足を自覚していた。

「そういうことではありません。真田さんの心理分析官としての実力は誰よりも知っているつもりです。それにサイバー特捜隊にはさまざまな能力を持っている隊員が必要です。たとえば山中《やまなか》さんのように一流の捜査能力を持つ人間も重要なメンバーです」

織田は嚙《か》んで含めるように言った。

「では、なぜ……」

ほかに思いあたることは夏希にはなかった。

夏希の目を見てしばし織田は口をつぐんだ。

「隊長としての僕の考えではありません。一個人としての僕の思いなのです」

ためらいがちに織田は言葉を継いだ。

「恥ずかしいのでここだけの話にしてください」

織田の言葉に夏希は驚くほかなかった。

「もちろんです」

「僕は真田さんの前で自分をさらけ出すことがつらかったのです」

うっすらと織田は頰を染めた。

「いつだったか、織田さんとはヤマアラシのジレンマのお話をしたことがありますね」

ずいぶん前のことだ。

夕暮れ時の葉山《はやま》港の駐車場が夏希の脳裏に浮かんだ。

ヤマアラシのジレンマ、あるいはハリネズミのジレンマとは、アラン・S・ベラックが命名した概念である。合衆国のメリーランド大学医学部精神医学講座教授であるベラックは、行動療法の研究者として知られている。

体じゅうにたくさん鋭い針を持つヤマアラシ同士は、仲よくしようとして近づくと、その針で相手を傷つけてしまう。親しく思って近づけば近づくほど、お互いに傷つくので近づけないというジレンマである。

つまり「近づきたい、でも、近づき過ぎたくない」という気持ちと「離れたい、でも、離れ過ぎたくない」という気持ちが共存しているような心理状態を指す。

「真田さんの姿をずっと見てきて、このジレンマを抱えているのは僕だけだと思うようになりました。たくさんの事件に、真田さんはプライドなんかにこだわらずに取り組んできました。真田さんはあの頃と変わった。変わっていないのは僕だけです」

いくぶん興奮気味に織田は話した。

「いいえ、織田さんも変わりましたよ」

夏希ははっきりと言った。

「僕がですか？」

織田は驚きの声を上げた。

「はい、失礼なことを言いますけど、怒らないで聞いてくださいね」

「ぜひ伺いたいです」

椅子から身を乗り出すようにして織田は言った。

「サイバー特捜隊長として、たくさんの隊員を率いる立場となって、織田さんはすごく変わったんです」

熱を込めて夏希は言った。いつか伝えたかったことを話せるチャンスだった。

「どう変わったんでしょう」

首を傾げて織田は訊《き》いた。

「以前のように警察庁の存在や、警察官僚としてのご自分を守ろうとしなくなったと思うんです。いい意味の開き直りを感じるのです」

機嫌を損ねるかもしれないが、夏希のいちばん言いたかったことだ。

「そう思いますか……」

織田は低くうなった。

「はい、いまはそんな織田さんのことをすごく頼もしく感じています」

夏希はこころをこめて言葉を続けた。

聞いている織田の顔に静かな変化が現れた。

震えた瞳《ひとみ》を伏せた織田は、とまどっているような恥じらいを感じているような……夏希にははっきりとはわからない複雑な表情だった。

「ありがとうございます。もしかすると、隊員たちに対する責任感のためなのかもしれません」

織田は頬を染めて答えた。

「わたしもそう思っています。いまのわたしは、織田さんの部下であることに誇りと幸せを感じています」

夏希は言葉に力を入れた。

「責任感の自覚はあまり大きくはないし、自分のあり方にはいつだって細かい疑問を持ちながら仕事を続けているんですよ」

おぼつかなげに織田は言った。

「ですが、わたしは織田さんのそばにいて安心できることが多くなりました」

織田の目を見つめて夏希ははっきりといった。

「それじゃあ以前は不安だらけだったんですね？」

織田はおどけたような笑みを浮かべた。

「そんなことはないですけど……気に障ったらごめんなさい。だけどこれはあくまでわたしの感じ方ですから……」

言い訳するように夏希は答えた。

「ありがとう。いまの真田さんのお言葉に、勇気を頂けました」

ひどくまじめな顔で織田は言った。

「そう言って頂ければ嬉《うれ》しいです」

織田の感情が安定していることに夏希は安堵《あんど》した。

「先週は嫌なことがあったんですが、真田さんとお話ししていたら、すっかり元気になりました」

織田は静かに微笑んだ。

「嫌なこと？」

気がかりになって夏希が訊くと、織田は首を横に振った。

「いえ、なんでもないんです。忘れてください」

質問を拒むかのように、織田は口をつぐんで視線をそらした。

夏希はそれ以上問いかけることができなかった。

いつの間にか室内のすべての席が埋まっていた。

玄関に続くアプローチには何人かの客の姿も見えている。

デザートも食べ終わったし、そろそろ席を譲ったほうがよさそうだ。

「もっとゆっくりお話ししたいですね」

まわりを見ながら織田は言った。

「もちろんです」

夏希は弾んだ声を出した。

プライベートな織田の話もゆっくりと聞いてみたかった。

「明月院ブルーを見た後に、北鎌倉でお茶しましょう」

織田は明るい声で言った。

この時期の明月院には約二五〇〇株の紫陽花《あじさい》が咲く。鎌倉随一の紫陽花は、その青色が美しいことから「明月院ブルー」と呼ばれている。

もちろん夏希はその色あいを楽しみにしていたが、明月院の後のお茶も楽しみになった。

会計をすませて夏希たちは外へ出た。

さっきまで玄関付近に見えた入店を待つ人々の姿は消えている。

夏希たちはゆっくりと棟門に向かって歩き始めた。

門を出ると、六人のスーツ姿の男が待っていた。

男たちは黙って織田に視線を向けた。

六人は年齢はさまざまだが、そろって鋭い目つきをしている。

夏希は気づいた。今小路や寿福寺の参道で見かけた男も交じっている……。

嫌な予感が夏希を襲った。

織田も身体を硬くして男たちを見つめている。

中央あたりにいた五〇歳前後の筋肉質の男がゆっくりと進み出た。

「刑事部捜査一課の矢部《やべ》と申します。織田信和《のぶかず》さんですね」

織田に向かって男は警察手帳を提示した。階級は警部補なので、係長級ということになろう。

「ご苦労さま。織田ですが」

眉間《みけん》にしわを寄せながらも、織田はゆったりとした調子で答えた。

「織田警視正、あなたに逮捕状が出ています」

夏希は耳を疑った。

「逮捕状……」

かすれ声で織田は言葉を途切れさせた。

だが、その表情は落ち着いていて、背筋を伸ばした姿勢も少しも崩れていなかった。

「そうです、刑法第一九九条の殺人罪の容疑です」

無表情のまま、矢部は一枚の書類を掲げてとんでもない事実を告げた。

「なんだと！」

織田は低い声で叫んだ。

夏希の心拍数は一気に上昇した。息をするのが苦しくなっているのが自分でもわかる。

「織田信和、あなたを殺人容疑で逮捕します」

矢部は黒い手錠を織田の右手首に掛けた。

冷たい金属音が目の前で響いた。

「一二時三二分です」

かたわらの若い男が宣言した。

きつい目で織田は矢部を睨《にら》みつけたが、口を結んだままだった。

あり得ない……。夏希は顔の血がすーっと下がってゆくのを抑えられなかった。

「いったい僕が誰を殺したと言うんだ」

織田は皮肉な声で訊いた。

「福原直利《ふくはらなおとし》さんですよ」

淡々とした声で矢部は言った。

報道されていた名前だ。たしか数日前に横浜《よこはま》市の神奈川《かながわ》区で殺された男だ。

だが、織田とどういう関わりがあるのかはまったくわからなかった。

「バカを言うな。福原を殺すなんて……だいいち僕には動機がない」

さすがに織田も声を尖《とが》らせた。

被害者の福原という人物を織田は知っているようだ。

「それはこれから伺いますよ」

矢部の声は冷たく響いた。

「神奈川県警の失態だ。君たちは許されない間違いを犯しているんだ」

織田は明確な発声で抗議した。

「話はゆっくり聞かせてもらいますよ」

薄ら笑いを浮かべて矢部は答えた。

気づいてみると、石段下左手の細い道に黒塗りのセダンが二台停まっている。

捜査車両に違いない。

「では、行きましょう」

矢部があごをしゃくると、ふたりの刑事が織田の左右の手を取った。

織田はセダンへと連れ去られてゆく。

「織田さんっ」

ちいさくなる背中に向かって夏希は声を振り絞った。

捜査員に両腕を掴《つか》まれながらも織田はなんとか振り返った。

「これはなにかの間違いです。すぐに戻ってきますから心配しないで」

織田ははっきりとした声で言った。

「わかっています」

声が震えて夏希にはそれしか答えられなかった。

「明月院ブルーをお見せできなくてすみません」

力ない声でそれだけ言うと、織田は一台目のセダンの後部座席に押し込まれるように乗りこんだ。

最後の織田の言葉が夏希のこころを涙で曇らせた。

織田を乗せた捜査車両は静かに角を曲がって、夏希たちが歩いてきたのとは別の方向の細道を進み始めた。

細道の左右に続く生垣や竹垣に車体をこすらんばかりにして二台の捜査車両は遠ざかってゆく。

やがて細道が右にカーブしているところで、捜査車両は夏希の視界から消えた。

夏希はなすすべもなく、いちばん下の石段にしゃがみ込んだ。

こころとは裏腹にさわやかな空の下、まわりの木々からは明るい鳥の声が響いてきた。


【2】


夏希は目の前が真っ暗になった。

たとえではなく本当に視界が薄暗くなっている。

交感神経の緊張状態が続いたせいで脳貧血の症状に襲われたのだ。

しばらくの間、しゃがんだままの姿勢で夏希は深呼吸を続けた。

ようやく鼓動も静まり息もラクになってきた。

代わりに黒雲のような不安感が沸き起こってきた。

とにかくできる限りの情報を集めなければならない。

織田を逮捕した矢部は県警本部の捜査一課員だと名乗っていた。殺人となると現場《ゲンジョウ》を管轄する警察署に捜査本部が開設される。捜査本部長は黒田《くろだ》刑事部長で、仕切りは福島《ふくしま》捜査一課長のはずだ。社会的影響が大きい事件では特別捜査本部となり、参加人数も多くなる。

ふたりの携帯番号は知っている。黒田刑事部長には電話をもらったことがあるし、福島一課長からも携帯番号を教えてもらっている。

しかし、このふたりは織田逮捕の責任者であるうえに、夏希からすれば偉すぎた。福島一課長の階級は織田と同じだが、心理的な距離ははるかに遠い。

夏希は刑事部の佐竹《さたけ》管理官に電話してみることにした。

佐竹だって階級は警視で警察組織の常識からしたら、夏希の職務に直接関係のない電話をできる相手ではない。

しかし、たくさんの事件で一緒に戦った佐竹はただの上長ではない。失礼ながら先輩・後輩のような間柄だと思っている。こんな場合に本部で頼れるのは佐竹しかいない。

同じ刑事部の芳賀《はが》管理官とは捜査本部で一緒になったことがある。

彼女の電話番号は知らないが、知っていたとしても掛けたい相手ではない。

佐竹がこの事件を担当していないことを祈って、夏希はスマホをタップした。

休日なので気が引けたが、この際やむを得ない。

数回の呼び出し音で電話はつながった。

「真田か……」

平板な声が耳もとで響いた。

「すみません、とつぜん電話しちゃって……。いま大丈夫ですか」

「ああ、本部《カイシャ》にいるが平気だ」

佐竹は声の調子を変えずに答えた。

「織田さんが逮捕されたのです」

必死に抑えたが、夏希の声は大きく震えた。

「ちょっと待ってろ、こっちから電話する」

電話はそのまま切れた。まわりに人のいない場所に移動するつもりだろう。

立ち上がって気づいてみると、《茶歩》に向かう人たちの姿が目立つ。

夏希は門の近くを離れて洞門の方向へ戻り、人気《ひとけ》のない道ばたに立った。

すぐに夏希のスマホの着信音が鳴った。

「逮捕されたときに、そばにいたのか」

佐竹の声は冷静だった。織田が逮捕されることを知っていたようだ。

「はい、一二時半過ぎに捜査一課の矢部という刑事が逮捕状を執行して、織田さんを連行しました。鎌倉市の扇ガ谷です」

涙ぐみそうになるのをこらえて夏希は淡々と事実を告げた。

「ああ、ふたりで鎌倉に行ってたんだな」

夏希たちが鎌倉にいた理由を佐竹は聞かずに言葉を継いだ。

「まだ俺のところには、逮捕の一報は入っていない」

「佐竹さん、その事件の捜査本部にはいないんですね」

「そうだ、俺が担当していなくて本当によかったと思っている」

神妙な声で佐竹は答えた。

「担当管理官はどなたですか」

「芳賀さんだよ」

あの権高な声の調子を思い出して夏希の気持ちは暗くなった。それに、きまじめな芳賀管理官は、部外者の夏希には捜査情報はおろかなにひとつ話してはくれないだろう。

「そうなんですか……事件の概況についてお伺いしてもいいでしょうか」

期待を込めつつ夏希は慎重に訊《き》いた。

「俺は捜査本部にいないから、それほど詳しいことはわからない。だが、刑事部の管理官以上の者たちは誰もが捜査状況を固唾《かたず》を呑《の》んで見守っていた。俺は織田さんとは何度も一緒に仕事をしただけに、ほかの連中とは違う。失礼ながら、織田さんのことは仲間だと思っている。だから逮捕状の発給も信じたくはなかった。そんなことあり得ないと思っていたんだ。こんな結論になるとは……」

佐竹は言葉を途切れさせた。いつになく感情的な口調だった。

「逮捕理由のことを訊いてもいいですか」

夏希はやんわりと続きを促した。

「すまん、事件概要について話す。事件が発覚したのは、先週水曜日七月六日の早朝だ。横浜市神奈川区千若町《ちわか》の瑞穂大橋《みずほおおはし》のたもとの運河に遺体が浮かんでいた。この橋は千若町と、橋本町《はしもと》、星野町《ほしの》、山内町《やまのうち》の一部に開発されたコットンハーバー地区を結んでいる。早朝ウォーキングしていた近隣の主婦たちが発見して一一〇番通報した。所轄署地域課と機捜が急行し遺体を引き上げた。すると頭部に打撲痕《こん》が認められたので検視官が臨場した。検視官は他殺の疑いがあると判断し遺体は司法解剖に回された。死因は脳挫傷《のうざしょう》で、神奈川署に特捜本部が開設された。被害者は福原直利という男性で中区《なか》在住の経営コンサルタントだった。実は福原さんは織田さんの高校時代の同級生だったんだ」

「織田さんの……同級生」

意外な事実に夏希は佐竹の言葉をなぞった。

以前聞いたことがあるが、織田は松本深志《まつもとふかし》高校の出身だったはずだ。

「それだけじゃない。遺体発見の前日、火曜の晩に織田さんは福原さんと現場付近の

《オージーヒート》ってバーで会っているんだ。《オージーヒート》には午後九時頃に顔を出したとのことだ」

佐竹は暗い声で言った。

「そうなんですか……」

夏希の声は乾いた。

「司法解剖の結果、福原さんの死亡推定時刻は、遺体発見前夜五日火曜の午後一〇時から翌六日午前一時頃と判明している。《オージーヒート》の水谷正俊《みずたにまさとし》という店長は、ふたりが午後一〇時三五分頃に店を出ていったと証言している。さらに当時店内にいたほかの客は、織田さんたちがもめていたと言っているんだ」

「でも、それって状況証拠に過ぎないですよね」

間髪を容《い》れずに夏希は尋ねた。

「そうだ。これだけでは捜一は逮捕には向かわない。しかし、決定的な証拠が出てきてしまった」

つらそうな声で佐竹は言った。

「いったいどんな証拠なんですか」

佐竹が悪いわけではないのだが、夏希は突っかかるような声で訊いた。

「瑞穂大橋の千若町側のたもとに設置された防犯カメラに、午後一〇時四七分に織田さんが福原さんを棒状のもので殴り、運河に突き落とす映像が記録されていたんだ」

力なく佐竹は答えた。

「なんですって！」

頭の後ろがズキンと痛んだ。

「俺はその映像は見ていないが、黒田刑事部長も福島一課長も直接見ている。千若町二丁目の交差点から橋を一〇メートルほど進んだ右側だ。ちょうどその位置の柵《さく》に被害者のジャケットの繊維が付着していたそうだ」

「そんなバカな……」

夏希は言葉を失った。

黒田刑事部長や福島一課長は夏希が信頼している人々だ。

あのふたりが確認しているのなら、疑う余地はないのかもしれない。

「さらに東神奈川《ひがしかながわ》駅付近の二台の防犯カメラにも、一〇時五五分と五八分に駅方面に向かう織田さんと思《おぼ》しき人物の姿が映っている。その後の足取りはつかめていないが、東神奈川駅からタクシーを使って逃走したと推察されている」

佐竹は苦しげに言った。

「信じられない」

かすれた声で夏希は言った。

「部長も一課長もすごく落ち込んでてな。織田さんは、我々刑事部の人間にとっていちばん親しい警察庁の官僚だ。何度も同じ事件を一緒に解決してきた仲間なんだ」

あまり聞くことがない熱っぽい調子の佐竹の言葉が夏希には嬉《うれ》しかった。

だが、次の瞬間には夏希のこころは重くふさがった。

織田を仲間と呼ぶ者がいても、解決できる問題ではないのだ。

その後、佐竹は特捜本部が把握している当日の織田の行動について話してくれたが、犯行を否定できるような材料はなかった。

「動機はわかっているんですか」

連行されるときに、織田は自分には動機がないと抗弁していた。

「いや、なにもわかっていない。だが、取調に当たってる連中はプロ中のプロだ。遠からず動機も明らかになるだろう」

低い声で佐竹は答えた。

「特捜本部はどうなるんですか」

「逮捕によって大幅に減員されるはずだが、細かい裏づけ捜査を終えて送検してから解散となるはずだ。いずれにしても織田さんの起訴は確実だ」

「わたしにはどうしても信じられません」

つよい口調で夏希は言った。

しばし佐竹は沈黙した。

「真田、忠告しておくが、おかしな動きをするのはやめておけ。織田さんの逮捕はまもなく報道されて世間の注目を浴びる。真田が変な行動をしているとマスコミの餌食《えじき》になるおそれがある。結果として警察庁や県警が迷惑することになりかねない」

夏希の内心を見透かしたように佐竹は厳しい声を出した。

「わかりました」

そう答えたが、黙って手をこまねいてはいられない。

「記者発表はいつ頃になるでしょうか」

これも夏希にとっては大きな気がかりだった。

「警察庁と県警本部で発表のタイミングについて悩んでいることだろう。現職の警察官僚が殺人を犯したことは過去に一度もない。警察庁にとっては前代未聞の不祥事だ。警察機構全体の威信の低下を招く事態にほかならない」

憂うつそのものの佐竹の声だった。

「警察の威信は、織田さんがずっと大切にしてきたことですね」

なんと皮肉な話だろう。このままいけば、織田は自分が守ろうとしてきたことを自分自身でこわすことになるのだ。

「そうだな……この事実が報道されたら、警察庁からも処分される者が何人か出てくるに違いない。できることなら警察庁は永遠に発表したくないだろう」

佐竹は気難しげな声で言葉を継いだ。

「だが、逮捕してしまったからには、そんなわけにはいかない。今日の逮捕もできるだけ遅らせたかっただろうが、歴然たる証拠が出てしまった。苦渋の決断を迫られたうちの本部長は警察庁に指示を仰いだはずだ。逮捕についての実質的なＯＫを出したのは長官官房だろう。この一件は長官もご存じのはずだ。いつまでも時間を稼いでいれば、内部に甘いとか、下手をすると隠蔽《いんぺい》するつもりかなどという風評すら立ちかねない。俺は、明日《あした》の午前中には記者発表があると見ているが、これもただの推察に過ぎない。俺のような立場の者が長官官房の考えなどわかるはずもないからな」

佐竹は自嘲《じちょう》的な声を出した。

「明日の可能性が高いんですね」

夏希は念を押した。

そうなると明日の午前中には、警察官僚による殺人という衝撃的なニュースが全国を駆け巡ることになる。

「サイバー特捜隊もこれから大変だな。世間の風当たりも強くなりそうだ」

気の毒そうな声で佐竹は言った。

世間からどう思われるかということよりも、織田というすぐれたリーダーを失ってサイバー特捜隊の機能が著しく低下することのほうが気掛かりだった。少なくともしばらくの間は混乱が続くだろう。

「わたしたちは、どうすればいいんでしょう」

夏希は途方に暮れるしかなかった。

「残念ながら、真田たちサイバー特捜隊にも、俺たちにもなにもできることはない」

佐竹は苦しげに言葉を継いだ。

「俺はな、なにかの間違いであってほしいと願い続けているんだ」

「わたしは織田さんを信じています」

きっぱりと夏希は言い切った。

「なにか進展があったら連絡する」

「お願いします。お忙しいところありがとうございました」

夏希は礼を言って電話を切った。

副隊長の横井《よこい》時也《ときや》警視に連絡するべきだろうか。

そう思って夏希は内心で首を横に振った。

織田が逮捕されたことは、県警刑事部の者と警察庁の上層部以外では夏希しか知らないはずだ。

事実を横井が知れば、夏希たち隊員にもなんらかの連絡があるに違いない。

もし織田の逮捕が間違いであれば、ここで先走ってサイバー特捜隊を混乱に陥れることは避けたかった。

いや、織田の逮捕は間違いに決まっている。

織田が人を殺すような人間であるはずがない。

夏希は確信していた。

いや、信じるという言葉は正しくはない。夏希には織田の逮捕は間違いとしか思えなかった。

これは誤認逮捕なのだ。

さっきまで一緒にいた織田は誰かを殺した人間とはとても思えなかった。

なにかをしなければならない。

だが、なにをしてよいのか夏希にはわからなかった。

夏希はアドレス帳アプリから上杉輝久《うえすぎてるひさ》の名前を呼び出した。

刑事部根岸《ねぎし》分室長。上司に反抗して干されているキャリア警視だ。

さらに織田とは大学の同級生という間柄でもあり、ふたりの間には奇妙な友情を感ずる。

こんな不測の事態に頼れるのはやはり彼だった。しかも黒田刑事部長の直属の部下でもある。

だが、何度鳴らしても上杉は電話に出なかった。

伝言メモも留守番電話サービスも設定されていない。

上杉はまたなにかの捜査に従事しているのだろう。

過去にもかなり長い期間、上杉と連絡が取れなかったことがあった。

夏希は、連絡がほしい旨のショートメールを送ってあきらめた。

続けて夏希は江《え》の島《しま》署刑事課の加藤清文《かとうきよふみ》巡査部長の名前を選んだ。

無愛想なところはあるが、内に熱い心を持ったベテラン刑事だ。

加藤の異常な勘のよさと捜査能力に夏希は深い信頼を抱いていた。

夏希は自分がなにをすべきか、加藤の意見を聞いてみたかった。

五回ほど鳴らすと不機嫌な声が耳もとで響いた。

「はい、加藤」

「真田です。いまお話ししても大丈夫ですか」

加藤も公休日のはずだ。夏希は遠慮しつつ訊《き》いた。

「なんだよ、真田。電話くれるとは珍しいじゃないか」

意外に機嫌のよさそうな声で加藤は答えた。

「お休みのところごめんなさい」

「休みだったらこんなにすぐに電話には出ない。まぁパチンコやってるとこだな。連続窃盗犯の逮捕につきあわされてたんだよ。盗犯係にこき使われてたんだ」

加藤はのどの奥で笑った。

「とんでもないことが起きてしまったんです」

夏希はおろおろ声を抑えられなかった。

「結婚相手でも見つかったか」

加藤は茶化すような声で訊いた。

本気でそんなことを考えているわけではないと感じた。加藤は夏希の動揺にすでに気づいているのだ。あえてくだけた答えを返して、夏希のこころを安定させようとしているに違いない。

「織田さんが県警捜査一課に逮捕されました」

声を抑えて夏希は伝えた。

「罪状は？」

せわしない口調で加藤は訊いた。

「殺人罪です」

声の震えがどうしても抑えられなかった。

「なに？」

さすがの加藤の声も裏返って響いた。

「そんなはずないんです。織田さんがそんなことするはずないんです」

泣き声になることをどうしても防げなかった。

「落ち着け、真田。おまえらしくないぞ」

静かな声に戻って、さとすように加藤は言った。

「ごめんなさい。つらくて」

自分の態度が加藤への甘えだとわかって夏希は恥ずかしくなった。

「とにかく真田が知っている限りのことを教えてくれ」

やわらかい声で加藤は尋ねた。

「はい……実は今日、織田さんと鎌倉でランチしたんです。いろいろ話すことがあって……」

夏希はいままで起きた事実と、佐竹から聞いた話を残さず伝えた。

「なるほど……防犯カメラの映像という物証と、バーの店長や客の証言という人証がそろっているのか……」

加藤は難しい声を出した。

「わたしは織田さんの逮捕は間違っていると思っています」

夏希はきっぱりと言った。

「俺もそう思いたいよ」

おぼつかなげに加藤は言った。

「織田さんは人を殺すような人間じゃありません。逮捕される直前まで、わたしは織田さんと食事していました。人を殺した人間の態度とはとても思えませんでした」

つよい声で夏希は言い切った。

電話の向こうで、しばらく加藤は黙っていた。

「俺は真田を信じる」

ぽつりと加藤は言った。

「加藤さん……」

夏希の声は震えた。今度は加藤の言葉に感激したからだ。

「おまえはいつも事件の真相をいち早く見抜く。真田の力で解決したいくつもの事件を俺はよく知っている。だから、今回の事件にも必ず裏があるに違いない。それを一緒に探そう」

頼もしい加藤の言葉に、夏希のこころはあたたかいもので満たされた。

「お願いします」

スマホを持ったまま夏希は頭を下げていた。

「佐竹さんからは、この事件はマスコミの注目を浴びるから、わたしが変な行動をしているとマスコミの餌食《えじき》になるおそれがある、動くなって言われています。でも、わたし、いても立ってもいられないんです」

佐竹の言葉には一理あるが、夏希としては素直には従えない。

「まだ報道されていないじゃないか」

「明日《あした》の午前には記者発表されるんじゃないかって佐竹さんは言ってました」

「そうか……いずれにしても佐竹の言うことなんぞ無視しろ」

つよい口調で加藤は言った。

「わかりました」

加藤の言葉が夏希は嬉《うれ》しかった。

「おまえ、いま鎌倉にいるんだな」

加藤はなんの気ない口調で訊いた。

「はい、寿福寺の裏手にいます」

身を乗り出すようにして夏希は答えた。

「まずは現場へ行ってみよう。神奈川区の瑞穂大橋だな」

「はい、そうです」

「じゃあ、午後二時にJR東神奈川駅の改札で待ち合わせよう」

平らかな声で加藤は言った。

「はいっ。ありがとうございます」

夏希の声は弾んだ。

「礼を言うのはまだ早い。とにかく俺とおまえで現場を見るんだ」

「よろしくお願いします」

ふたたび夏希はスマホを持ったまま頭を下げた。

それきり電話は切れた。

自分がなすべきことがはっきりした。

ずっと不安定だった夏希のこころは、ようやく落ち着いてきた。

夏希はスマホで鎌倉駅への道を探した。

寿福寺を通らずにまっすぐ歩けば一〇分くらいで着きそうだ。

セミの声がまわりの林から聞こえてきた。

いままでも鳴いていたと思うが、こころが揺れていて気づかなかったのだろう。

ジーと高い声で鳴くこのセミはおそらくはニイニイゼミだろう。

夏希は五月中旬の事件のときのことを思い出した。

長野市の郊外で織田と一緒に聞いたセミの鳴き声。

あのセミはハルゼミだったと織田が教えてくれた。

胸が締めつけられるような思いを振り切って、夏希は駅への道を歩き始めた。

## 【3】

約束通り、加藤とは午後二時ちょっと過ぎにJR東神奈川駅の改札で落ち合えた。

「よぉ、先月以来だな」

やわらかい表情で言うと、白シャツ姿の加藤は右手を上げて近づいてきた。

「加藤さん、感謝しています」

夏希は深く頭を下げた。

「なに言ってんだ。真田のためにここへ来たんじゃない。これは俺にとっても大切なことなんだ」

ひどくまじめな顔で加藤は言った。

「織田さんの逮捕は間違っています」

涙がにじみそうになるのを抑えるために、夏希ははっきりとした口調で言った。

「とにかく現場を見てからだ」

加藤は素っ気ない口調で答えた。

「現場の瑞穂大橋は駅から一キロくらいです」

夏希はマップで現場を調べておいた。

なんと、かつて夏希が連れてこられたノース・ドックに続く道の途中に瑞穂大橋はある。

駅前ターミナルからノース・ドックに向かってまっすぐに進み、途中で右へ曲がれば瑞穂大橋だった。

「ああ、瑞穂大橋ならタクシーを使うほどでもないな。ま、歩こう」

加藤は瑞穂大橋を知っているらしい。

それきり加藤は口をつぐんだ。

ところによっては片側四車線の部分もある広い道で、歩道もゆったりしていて歩きやすかった。

うつむいて歩く加藤はなにかを考えているように見えた。

マンションが並んでいる地域を過ぎると、工場や倉庫が増えて産業道路らしい雰囲気が濃厚になってきた。

最初の運河を村雨橋《むらさめばし》で渡ると、左手には神奈川水再生センターという大きな施設、右手にはひろいゴルフ練習場が見えてきた。あたりは広々として茫漠《ぼうばく》たる風景となってきた。

ボートがずらりと並ぶ二番目の運河を千鳥橋《ちどりばし》で渡ると、目の前には貨物列車の引き込み線が現れた。

　このあたりまで来ると、駅付近とは違って乗用車はほとんど走っていなかった。行き交うのはトラックばかりだった。ときどき長いボディを持つコンテナトレーラーが、サスペンションを軋《きし》ませて通り過ぎてゆく。

　前方には薄緑色に塗色されたアーチ橋が見える。千若町二丁目という交差点が、瑞穂大橋への分岐点だった。

　右手に運河を渡る長い橋が瑞穂大橋で、アーチ橋は瑞穂橋という名だ。

　橋の向こうの新しい高層マンションが並んでいる地区がコットンハーバーに違いない。

　千若町のこちら側とはまったく雰囲気が違う。

　あちらは再開発地区で現代的なベイサイド住宅地、こちら側は倉庫や工場が並んでいる昭和の匂いが残る埠頭《ふとう》周辺地区という感じだ。

「この橋の途中が現場《ゲンジョウ》です」

　夏希の言葉に加藤は立ち止まってあたりをぐるぐると見まわした。

「あれが問題の防犯カメラだな」

　加藤は道路を渡ったノース・ドック側の歩行者信号の柱に設置された防犯カメラを指さした。

「あれですか」

白いハウジングを持つ防犯カメラはそれほど古いものではなさそうだ。

「ああ、民間のものじゃなく、県警が設置している防犯カメラだ」

視線を夏希に移して加藤は言った。

手前の駅に近い場所に立つナビ板の柱にも、反対側を写す同じかたちのカメラが設置されていた。現場を写しているのは加藤が指摘した防犯カメラだ。

「現場はここから橋を一〇メートルほど渡った右側です。あの白い柵《さく》に被害者、福原さんの衣服の繊維が付着していたそうです」

佐竹から話に聞いたあたりの位置を夏希は指さした。

目の前には白っぽい三角屋根といくらか老朽化したグレーの壁を持つ物流会社の倉庫が並んでいる。

「あのあたりだな」

指し示した位置へとさっと足を運んだ加藤のあとに夏希も続いた。

すでに鑑識の作業は終了していた。

規制線テープや鑑識標識などはすべて片づけられていた。

この場所で殺人事件が起きたというような雰囲気は少しも感じ取れなかった。

「ここから突き落としたということか」

眉間《みけん》にしわを寄せて加藤は運河を覗《のぞ》き込んだ。

夏希も並んで運河を覗き込む。

濃い緑の運河の水に陽光が反射している。

おだやかな水面がひろがっていて、遺体が浮かんでいたことは感じられない。

「真下に転落防止のような板状の設備があるな……でも、勢いがついてりゃ運河へドブンだろう」

加藤は低くうなった。

「あの設備に被害者は引っかからなかったのでしょうね」

夏希もうなずいた。福原の死因は脳挫傷《のうざしょう》だ。どちらにしても結果にはあまり変わりがないかもしれない。

「なんで突き落とすような手間を掛けたんだろうな」

しばらく黙って運河を見つめていた加藤は、ぽつりと言った。

「え？」

夏希には加藤の言葉の意味がよくわからなかった。

「織田さんほどの人が、そんな無駄をするだろうか」

加藤は夏希の顔を見て言葉を続けた。

「どういうことですか？」

「いままで聞いた話では、織田さんはケンカの果てに高校の同級生を殴って殺害し、運河に突き落としたという容疑で逮捕されたんだよな。つまり計画的犯行ではなく激情に駆られた末の犯行だということだな」

「特捜本部では、そういう推論になっています」

もちろん夏希は決して信じてはいないが。

「真田、その推論ってのをどう思う?」

夏希の答えを聞かずに加藤は続けた。

「俺はそんな事件をいくつも扱ってきた。ことにケガですんだ傷害事件なんぞは腐るほど扱ってきた。カッとして人を殴り殺すようなアホな連中はうんざりするほど知っている。たいていは感情が抑制できないヤツらだ。織田さんはそうした連中とは完全に別種の人間だ」

唇を歪《ゆが》めて加藤は言った。

夏希としては膝《ひざ》を打ちたい気持ちだった。

「怒りを抑制できない原因はさまざまに考えられますね。生来的に激しやすい人はいますし、発達障害や精神疾患などが原因である場合も少なくはありません。いずれにしても、わたしは織田さんが他人に危害を加えるような行動を抑制できない人間だとはまったく考えられないです」

きっぱりと夏希は言い切った。

「もし、織田さんが誰かを殺すとしたら、もっとまともな手を使うよ。綿密に犯行計画を練って、アリバイ工作もするかもしれない」

「織田さんはそんなことする人じゃありません」

腹が立ってつい大きな声が出た。

「怒るなよ、これはあくまでたとえ話だ」

加藤はにやっと笑った。

「すみません」

感情的になった自分を夏希は恥じた。

「人間の身体は重い。この柵を越えて人を突き落とすのは大変なことだ。せっかく突き落としても、水のなかで息を吹き返すかもしれない。真田、あえて反論してみろ」

夏希の捜査センスを試すように、加藤はおもしろそうに笑った。

「突き落とす前に、すでに被害者の福原さんは死んでたからじゃないんですか」

「脳挫傷で死んでいたのが確認できたのなら突き落とす必要もないだろう」

「遺体を隠すつもりだったんではないんですか。犯行の発覚を遅らせようとして……」

もちろん夏希は信じてはいなかった。

「水に入る前に呼吸が止まっていたら、肺に水が入らないので遺体は浮く場合が多い。あんなマンション群がすぐ近くにあるんだ。翌朝には遺体は発見される可能性が高い。水に入ってから時間がそれほど経過していないのだから、司法解剖で死亡推定時刻は割り出せる。ごまかすことは難しい。苦労して遺体を隠す意味はあまりない。織田さんはそれくらいのことは知っているだろう。突き落とす過程で織田さんが着ていた衣服には被害者の血液等も付着するだろう。仮に織田さんがカッとして、その福原という男を殺したとしても、俺には織田さんが苦労して遺体を運河に投棄した理由が見いだせない」

考え深げに加藤は言った。

「おっしゃるとおりだと思います」

「織田さんほど頭のいい男なら水になんか落とさず、もっと確実に隠そうとするはずだ」

加藤は平板な調子で言った。

「あくまでたとえですよね」

夏希は無理に笑みをたたえて訊《き》いた。

うなずきながら加藤は真剣な顔つきで言った。

「この事件は一から考え直さないとならないはずだ」

「考え直しましょう」

弾んだ声で夏希は答えた。

「だがな、とにかく材料が足りない。当日の織田さんの行動もわかっていない。そうだ……ちょっと待っていてくれ」

スマホを取り出してタップすると加藤は耳に当てた。

「そうだ加藤だ。おまえ、いま、どこにいる？　やっぱりそうか。ちょうどいい。俺は千若町の瑞穂大橋にいる。一キロちょっとだな。いま抜けられるか？」

相手がなにか言っている。

「なんでもいい。ごちゃごちゃ言ってないで一〇分以内にここに来い。いいな」

加藤は電話を切ってポケットにしまった。

「誰を呼んだんですか?」

夏希の問いに、口もとに笑みを浮かべて加藤は答えた。

「すぐに来るよ」

期待しつつ夏希は待った。

一〇分経たないうちに、黄色いボディのタクシーが東神奈川駅の方向からやってきた。

後部座席から黒いスーツに身を固めた若い男が現れた。

捜査一課の石田《いしだ》三夫《みつお》巡査長だ。

「石田さん!」

夏希はちいさく叫んだ。

「あれ、真田先輩も一緒ですか」

石田は夏希を見て驚きの声をあげた。

「おう、待ってたぜ」

加藤は石田に歩み寄って肩をポンと叩《たた》いた。

「なんすかカトチョウ。いきなり呼び出したりして。俺は時間ないんすよ」

石田は顔をしかめた。

かつて高島《たかしま》署時代に加藤は石田の指導役だった。その頃の加藤に対するカトチョウという呼び名をいまでも石田は使っている。

「用があるから呼んだんだよ」

つっけんどんに加藤は答えた。

「ま、カトチョウはそんな人ですけどね。組まされてる北原《きたはら》って男が気の毒ですよ」

加藤は石田の嫌みは無視して話を続けた。

「石田、おまえ神奈川署の特捜本部にいるんだよな」

「そうなんすよ……。でも、俺には織田さんがそんなことするなんて信じられません」

眉根《まゆね》を寄せて石田は言葉を継いだ。

「士気も上がっちゃいません。過去の事件の捜査本部で、織田さんと一緒に働いた捜査員も捜一には少なくないですからね。織田さんが逮捕されて、ひとり張り切っているのは芳賀管理官くらいです。もっと証拠集めしろってハッパを掛けられています。送検期限は明後日《あさって》の昼ですが、送検までにもまだ証拠が必要ですからね」

「自白してないんだな。織田さんは」

念を押すように加藤は訊いた。

「はい、完全な否認事件です。東大の同期の友人とかいう私選弁護人がついています」

夏希はホッとした。誘導で導き出した自白は違法収集証拠となるはずだが、現実には一度自白してしまうと裁判で覆すことは困難なのだ。

もちろん織田はそんなことは百も承知しているはずだし、彼の意志の強さを夏希はよく知っている。それでも自白していないという事実が確認できて安堵《あんど》した。また、逮捕当初から私選弁護人がついていれば、留置中の織田に対する警察側の対応も慎重になる。

「歴然たる物証が出ちまったからな。でも、否認事件となると、さらなる証拠が必要だろう」

加藤はあごに手をやった。

捜査本部は被疑者を送検したら解散するのがふつうだ。が、今回は補充捜査のために送検しても捜査本部を継続するかもしれない。いずれにしても四八時間の送検期限までにはまだ時間がある。

「そうなんすよ……大幅に減員されましたけど、俺たちは残されちゃって」

石田は口を尖《とが》らせた。

「特捜本部にいる石田たちが持ってる情報を教えてほしいんだ」

いきなり加藤は本題を振った。

「カトチョウなにをするつもりなんですか」

石田は素《す》っ頓狂《とんきょう》な声を出した。

「事件を見直してみるんだよ」

加藤ははっきりとした声で言った。

「だけど……」

石田はとまどい顔になった。

「わたしと加藤さんは織田さんの無実を信じてるんです」

夏希も言葉に力を込めた。

「ふたりで特捜本部の出した結論を覆そうって言うんですか」

目を瞬《しばたた》いて石田は言った。

「この事件には必ず裏がある。おまえらだって織田さんの無実を信じてるんだろ」

加藤は真剣な目つきになった。

「それはそうですけど……」

不明瞭《ふめいりょう》な発声で石田は答えた。

「このままだと、おまえらえん罪を作り出す一味に加担してることになるんだぞ」

厳しい声で加藤は言った。

「そんな無茶な。俺たちは命令で動いているだけですよ」

石田はかるくのけぞった。

「とにかく情報をよこせ」

つよい調子で加藤は石田に詰め寄った。

「カトチョウ、本気なんですね」

石田は不安げに訊いた。

「あたりまえだろ」

噛《か》みつきそうな顔で加藤は答えた。

「わたしも本気ですよ」

夏希はきっぱりと言い切った。

「ふたりともそんな動きが上にバレたらヤバいですよ」

眉根を寄せて石田は言った。

「おまえが心配することじゃないよ」

せせら笑うように加藤は答えた。

石田はちょっと口を尖らせて黙った。

「まず訊くぞ。特捜本部じゃ織田さんの犯行前後の行動をどう考えているんだ？」

加藤は石田の目を見つめて訊いた。

「事件当日の七月五日ですが、織田さんは午後から霞《かすみ》が関《せき》の警察庁庁舎で開かれたサイバー犯罪対策関係の会議に出席しています。この会議が午後五時に終了後、織田さんは霞が関ビル内の中華料理店で夕食をとった後、警察庁に戻っています。その後、午後七時半頃まで庁舎内で警視庁と神奈川県警のサイバー犯罪担当者と打合せをしています。霞ケ関《かすみがせき》駅から日比谷《ひびや》線で有楽町《ゆうらくちょう》に出て、京浜東北《けいひんとうほく》線で東神奈川に移動。駅東口からタクシーであそこにある」

石田はアーチ型の瑞穂橋の方向を指さした。橋手前の右手には何軒かの建物が連なっている。

「バー《オージーヒート》で、午後九時に待ち合わせしていた被害者の福原さんと合流しました。ここまでは織田さん自身も認めています」

「そこから先が違うんだな。織田さんの弁解を教えてくれ」

加藤は急《せ》かすように訊《き》いた。

ここで言う弁解は法律用語である。刑事訴訟法第二〇三条第一項は「司法警察員は、逮捕状により被疑者を逮捕したとき、又は逮捕状により逮捕された被疑者を受け取ったときは、直ちに犯罪事実の要旨及び弁護人を選任することができる旨を告げた上、弁解の機会を与え、留置の必要がないと思料するときは直ちにこれを釈放し、留置の必要があると思料するときは被疑者が身体を拘束された時から四十八時間以内に書類及び証拠物とともにこれを検察官に送致する手続をしなければならない」と定めている。

「織田さんの弁解では、七月三日の日曜の夜に自宅にいるときに福原さんから携帯に電話が掛かってきた。福原さんは松本深志高校時代の同級生で、三年ほど前に都内で開かれた同窓会で名刺交換をしていた。会社経営者ということだったが、その後のつきあいはなかった。福原さんから『警察庁に伝えたい情報があるので買ってほしい』という申し出があった。そこで火曜日の午後九時に《オージーヒート》で待ち合わせた。待ち合わせ場所は横浜市内に住居のある福原さんの指定で、自分は初めて行く店だった。ところが、福原さんと会って警察庁に伝えたい情報について尋ねると何度もはぐらかされた。むかしのよしみで五〇〇万円くらいの金を貸してほしいというのが本音だった。時間の無駄だと思って九時一五分頃に店を出た。駅へ向かって歩き始めると、この瑞穂大橋のたもとにたまたまタクシーが停まっていたんでそれに乗った。霧雨が降っていて季節外れに寒かったからそのまま帰宅することにした。タクシーに一時間ほど乗って世田谷区《せたがや》三軒茶屋《さんげんぢゃや》の自宅まで戻ってシャワーを浴びて寝た。遅くとも一〇時半には自宅にいた。まぁ、ざっとこんなところです」

石田は淡々と説明した。

この織田の弁解の通りなら、逮捕されるはずもない。

「その弁解の裏をとれば織田さんはシロだとはっきりするだろ……」

加藤の言葉に石田は渋い顔つきでうなずいた。

「でもね、特捜本部ではまったく違う事実をつかんでいるんです。まず《オージーヒート》の店長の話では、織田さんと福原さんは酒を飲みながらずっと低い声で話していたが、最後はもめてたらしいんですよ。一〇時半から五分くらい過ぎた頃に、織田さんが会計を済ますときに福原さんが激しい調子で織田さんを非難していたらしいんですよね。で、織田さんのすぐ後を福原さんが追いかけて店を出たっていうことなんですよ。福原さんが織田さんをなじっていたことは、その当時店で飲んでいた客の中江直也《なかえなおや》って人も証言しています」

「ふたつの人証は織田さんの弁解とはまるで違うな。そもそも店を出た時間に一時間二〇分も差がある……」

加藤は低くうなった。

おおまかに佐竹からも聞いていた内容だが、詳しい話を聞くとますます織田の不利が浮き上がってくる。

「それだけじゃないんです」

石田は悲痛な顔で言葉を継いだ。

「織田さんは帰路に乗ったタクシーを《ケイヒン無線》という会社のヴァーミリオン色のクルマだと主張しています。この会社は神奈川区内の富家《とみや》町に実在します。当然ながら捜査員はすぐに裏取りに行きました。ところが、《ケイヒン無線》では該当するクルマが存在しないと言うんです」

「どういうことだ？」

加藤は目を見開いて訊いた。

夏希にも石田の言葉は信じられなかった。

「瑞穂大橋やこの付近で客待ちをするタクシーなどいない。それどころか七月五日の夜は、千若町に行ったクルマ自体一台もいないと言うんです」

「織田さん、タクシー会社を間違えてるんじゃないのか？」

「でも、はっきりと《ケイヒン無線》のヴァーミリオン色のクルマだと供述しています。この会社のタクシーがヴァーミリオン色なのも間違いありません」

きっぱりと石田は断言した。

なんとも面妖《めんよう》な話だ。

織田がそんなにすぐバレるようなウソをつくとは信じられない。

「酔っていてタクシー会社の名前を勘違いしたのかな……俺なら乗ったタクシーなんてボディの色ですら覚えてないからな」

加藤は首を傾げた。

「まぁ、俺もさっき乗ってきたタクシー会社の名前も覚えていませんけどね」

石田は頭を掻《か》いた。

夏希は石田が乗ってきたタクシーのボディカラーが黄色だったことは覚えていた。が、会社名となるとまったく記憶になかった。そもそも見ていなかったのかもしれない。

「織田さん、領収証はとっておいてないのかな？　会社名は絶対に入っているし、自宅に着いてタクシー代を支払った時刻も証明できるだろう」

加藤は石田の顔を見ながら訊いた。

「レシートは捨ててしまったと供述しています。まぁ、経費として請求できるわけないプライベートな移動ですから、当然でしょうね」

「このままだと織田さんが自分の罪を免れようとウソをついているとしか思われなくなってしまうな。ほかに織田さんのアリバイを証明できる人間は見つからないのか。犯行時刻には自宅付近にいたということを」

加藤の問いかけに石田は首を横に振った。

「本人の弁解では、ここからタクシーで帰宅してから誰とも会っていないとのことです。織田さんは独り暮らしですし、自宅はマンションで近隣とのつきあいもないようです。

織田さんの帰宅時刻などを証言できる人はいないと思われます」

「自宅マンションに織田さんの帰宅時刻を記録してある防犯カメラはないのか」

「設置されていません」

石田はすげなく答えた。

「まわりの防犯カメラや駐車車両のドライブレコーダーをつぶさに探したら、本人の主張通りの記録が出てくるかもしれないだろ」

気負い込んで加藤は言った。

「加藤さん、無茶言わないでください。織田さんのアリバイを証明するために大勢の捜査員を投入できるわけないでしょ。なにせ、ここの防犯カメラの映像という決定的証拠があるんですから」

石田の言うことは道理だ。捜査は通常は被疑者の犯行を証明する証拠探しをする仕事だ。被疑者の無実を証明するための捜査というのはベクトルが逆で、滅多に行われるものではない。

「おまえ、その決定的証拠の映像は見てるのか」

加藤は身を乗り出した。

「ええ、特捜本部のスクリーンで見ました。写っているのはたしかに織田さんにしか見えません。福原さんと思《おぼ》しき人物を棒状のもので殴っている姿がはっきり写っていました。画像解析の結果でも織田さんと福原さんと特定されました」

暗い声で石田は答えた。

夏希を深い失望が襲った。

「その場所だが、あのあたりか」

加藤はさっきふたりで運河を覗《のぞ》き込んでいた場所を指さした。

「ああ、そうです。ちょうどあの駐車禁止の道路標識のあるあたりです」

「織田さんのゲソ痕《こん》は出たのか？」

「この場所からは採取できなかったようですが、橋のたもとに残っていたゲソ痕は織田さんの履いていたウィングチップと一致しました」

石田は冴《さ》えない声で言った。

「でも、それは織田さんがタクシーに乗ったと言っている場所だろ」

「それはそうなんですが……橋付近では霧雨のせいで消えてしまったゲソ痕も少なくないんですよ」

またも加藤は石田の目を見て訊いた。

「この近くではほかに目撃証言は出てこないのか」

「橋のこっち側でも、あっち側のマンションが並んでいるコットンハーバー地区でも聞き込みはやってますよ。でも、目撃者は出ていません。なにせ夜間にここに用事のある人はほとんどいないんです。橋の上にこそ照明はありますが、人通りはなくひったくりにでも遭いそうな場所ですからね。千若町側は倉庫ばかりです。その時間にも働いていた人はいますが、事件を目撃していた人はひとりもいないんです。おまけに火曜の夜は霧雨が降っていましたからね」

言い訳するように石田は言った。

「映像に写っているっていう棒状の凶器は見つかっているのか」

額に縦じわを刻んで加藤は訊《き》いた。

「凶器はこの道沿いに転がっていた鉄筋だと推察されています。運河に投げ捨てられたのですから、発見されていません」

石田は、千若町二丁目の交差点付近をぐるりと見まわして言った。

瑞穂大橋のたもと付近の白い柵《さく》は、部分的には蔓草《つるくさ》がからみついて手入れがされていない雰囲気だ。その向こうは白い花をつけているヒメジョンやススキなどが茂った細長い空地になっている。草むらには得体の知れない錆《さ》びた鉄筋や鉄パイプ、壊れた通行止のトラ模様のバリケードなどが転がっていた。道路管理者が手をつけられない場所なのだろう。

「ま、仮に鉄筋だったら、まず運河に捨てるわな」

加藤は運河の方向を眺めながら言った。

「警備部に依頼して機動隊のスクーバ隊を出してもらう予定にはなっています。間違いなく出ますよ。ですけど、本件は凶器うんぬんの問題じゃないですからね」

淋《さび》しそうな声で石田は言った。

加藤はうなり声を上げて腕組みをしたが、表情をあらためて問いを重ねた。

「だが、動機はわかっていないんだろう？」

「ええ、いまのところは……織田さん本人も、動機がないので自分の仕業ではないと主張しています」

「動機のない殺人などない。無差別殺人だって必ず動機はある」

加藤は哲学者のような顔で言った。

「捜一のベテランが取り調べていますから、そのうち自供が取れるんじゃないんすか」

「おまえ、織田さんを信じてないのか」

突っかかるように加藤は言った。

「信じたいですよ。でもねぇ、いままでの捜査で出てきた事実を重ね合わせると、状況は織田さんに不利としか言いようがないんですよ」

石田はべそをかきそうな顔で答えた。

夏希は石田の気持ちも理解できた。

現時点では、織田のえん罪を証明できるような事実はなにひとつないのだ。

「ところで、おまえ被害者の福原さんの顔写真を持ってるか」

なんの気ない調子で加藤は訊いた。

「持ってますよ。聞き込みに必要ですから」

「うーん……」

石田はちょっと身を引いた。

「俺に転送しろ」

つよい口調で加藤は命じた。

「いいのかなぁ。特捜本部の外部の人に」

ためらいの顔つきで石田は答えた。

「四の五の言わずに早くしろ」

眉間《みけん》にしわを寄せて加藤は答えた。

「わかりましたよ」

諦《あきら》め顔で石田はスマホをタップした。

夏希が覗き込むと、髪が少し薄くなったエラの張った男がリネンのスーツ姿で写っていた。

織田と同級生だと言うが、一〇歳くらい上に見えた。

「すいません、理由をつけて抜け出してきたんですけど、俺もう捜査に戻らなきゃなんないんで……」

肩をすぼめて石田は言った。

「ああ、すまなかった」

加藤はかるく頭を下げた。

「小堀《こぼり》さんと横浜駅で合流予定なんですよ。これから織田さんと福原さんの関係を知っている別の同級生たちに聞き込みにまわる予定です。動機を見つけろとの命令です。ここで油売ってるわけにはいかないんです」

石田は眉《まゆ》を八の字にして言った。

「悪かったな。今度、飯でもおごるよ」

ふたたび加藤は石田の肩を叩《たた》いた。

「約束ですよ」

石田は冗談めかして眉をひょいと上げた。

加藤は黙ってかすかに笑っただけだった。

「小堀さんによろしく言っておいてね」

いつぞやは捜査本部に張り付けておいた芳賀管理官も、今回は沙羅《さら》を外に出したらしい。

「了解です。真田さんに会いたがってましたよ」

石田はスマホアプリでタクシーを呼んで帰って行った。

「とりあえずは《オージーヒート》に行ってみよう」

加藤は石田が乗ったタクシーを見送りながら言った。

「バーだから無理ですよ。営業時間は午後五時から午前一時です」

夏希はあきれ声を出した。

営業時間はスマホですぐに調べられた。

「昼間はやってるわけないか……じゃあ、ここらの聞き込みにまわるぞ」

加藤の言葉には力が戻ってきていた。

刑事としてのルーティンワークに就くと、こころが安定するのかもしれない。

「了解です」

元気いっぱいに夏希は言った。

夏希たちは周辺部の倉庫や配送センター、小規模な運送会社などを次々に訪ねてまわった。

だが、事件を目撃した者はおろか織田の顔を見た者さえひとりも現れなかった。

「その日は夜勤だったから会社にいたよ。だけどねぇ、ふだん瑞穂大橋のほうは見もしないからね。あっちからトラックは来ないしね。橋向こうのコットンハーバーとか言うの？　あっちは高級マンションばっかりでこっち側とは別世界なんだよなぁ」

運送会社で話を聞いた中年男の言葉が、千若町地区で働く人々の意識を代表しているように感じられた。


【4】


五時が近づいてきた。

「加藤さん、そろそろ五時ですね」

夏希が声を掛けると、加藤はうなずいてハンカチで額の汗をぬぐった。

いくらか陽は傾きはじめたものの、あたりは夕方にはほど遠い。

暑さも少しもゆるんではいなかった。

夏希はアーチ型の瑞穂橋を指さして言った。

「あの瑞穂橋の手前右手にあるはずです」

「橋の先のノース・ドックは米軍施設だったな」

加藤の言うとおり、橋の向こうにはノース・ドックと呼ばれるエリアがある。

さすがに夏希は深い感慨を覚えた。

龍造寺《りゅうぞうじ》ミーナの事件で、夏希は意思に反してこの向こうのノース・ドックに連れてこられた。

この先の埋立地瑞穂ふ頭はもともと民間用の鈴繁《すずしげ》ふ頭と呼ばれる領域もあるが、大部分は在日米軍施設であるノース・ドックとなっている。昭和二十七年のサンフランシスコ講和条約発効以降、日本からの提供敷地として米陸海軍が使用している土地なのだ。

現在は、おもに米陸軍の第八三六輸送大隊が使用している。

隣接地を横浜市が埋め立て二〇年ほど前から公共埠頭として民間用に使っているが、一般の人間はノース・ドックには立入禁止だと聞いていた。

現に目の前の瑞穂橋には「関係者以外立入禁止」の文字が大きく表示されている。

もっとも橋の近くに米兵の詰所などがあるわけではなく、誰でも橋を渡ることは難しくはない。おそらくはノース・ドックに入るところに検問所が設置されているのだろう。

夏希と加藤が橋に向かって歩き出すと、五〇メートルも歩かないうちに右手に三軒並んでクラシックなバーが建っていた。

昭和の雰囲気をつよく漂わせた店構えばかりで、右端の店も左端の店も華やかなネオンサインに輝いていた。

ただ、まん中の店はネオンサインが消えているばかりではなく、入口近くには雑草が伸びっぱなしだった。すでに営業をやめているようにしか見えなかった。

いちばん橋に近い打ちっぱなしコンクリート壁を白く塗装してある店が《オージーヒート》だった。ミントグリーンのドアのかたわらには人の背丈くらいのアレカヤシの鉢植えが飾られている。

「すごくレトロなお店ですね」

夏希は感嘆の声を上げた。

半世紀どころではない。もっとずっと前に建てられた店のようだ。

「アメリカ兵相手に開かれた店だ。右端の《スターダスト》は、ノース・ドックがアメリカに接収されていた頃から七〇年も営業しているそうだ。かつてはここに六軒の米軍相手のバーが並んでいて、ノース・ドックに出入りする米兵で大変な賑《にぎ》わいをみせていたらしい。が、ベトナム戦争後に徐々に客足が減って、不便な土地だけに次々に閉店していったと聞いている」

淡々と言ったが、加藤が詳しい知識を持っていることには驚くほかなかった。

「よくご存じですね」

「高島署にいた頃、このあたりには何度か来たことがあるんだ」

加藤はさらりと言った。

夏希が初めて会ったときは加藤も石田も高島署の刑事課所属だったのだ。

考えてみれば、橋本町のコットンハーバー地区は高島署の管轄区域の端にある。

「この《オージーヒート》もそんな歴史を持つお店だったんですね」

「ああ、そうだ。とにかく店に入ってみよう」

加藤がドアを開けてさっさと店内に入った。

外観から予想した以上にレトロなインテリアだった。

店内は白っぽい板張りで、天井からはホーロー風のグリーンのシェードを持つランプが点々と下がっている。

右手には木製の長いカウンターテーブルの前に、白い革張りの丸スツールが一〇個以上並んでいる。左手にはスツールと同じような白い革張りのシンプルなソファが五脚並んでいた。

店の奥は一面ガラス張りで、運河が望める。

入口近くに古いジュークボックスが置かれていて、夏希が知らないオールディーズが流れていた。

古いハリウッド映画に出てくる波止場のバーという雰囲気だ。

開店したばかりだし、店内にほかに客の姿はなかった。

「いらっしゃいませ」

カウンターの向こうから女性店員が明るい声を掛けてきた。

ブルーのTシャツにライトグリーンのエプロンをつけた二〇代前半くらいの小柄な女性だった。

「警察の者だけど、ちょっと話聞かせてくれるかな？」

加藤はやさしい声音で言った。

「え……警察ですか」

若い女性店員は顔をこわばらせた。

「この店を調べに来たわけじゃないから心配いらないよ」

表情をゆるめて、加藤はやわらかい声を出した。

「あの、どんな用ですか」

引き攣《つ》った笑顔で女性は訊《き》いた。

「先週、瑞穂大橋で起きた事件のことで訊きたいことがあってね」

加藤の言葉に女性は緊張を解いた。

「あ、橋のところで人が殺された話ね。店長が言ってました。ニュースでも見ました。でも、あたし土日だけのバイトなんです」

自分に関係ない話と知ってか、女性の口はなめらかになった。

「店長さんはいないの？」

「もうすぐ来ます」

女性は明るい声を出した。

「少し待たせてもらっていいかな」

「ええ、どうぞ。あちらのお席で待っててください」

白いソファに手を差し伸べて女性は言った。

夏希たちは窓際のいちばん海側のソファに座った。

ガラスの向こうに、グレーの小型船舶がゆっくりと通り過ぎてゆく。

一〇分経たないうちにドアが開いて、黒いシルクシャツに黒いパンツ姿の四〇代くらいの男が店に入ってきた。

「お疲れさまです。警察の人がお待ちです」

女性店員が夏希たちに視線を向けて告げた。

「あ、そう」

無愛想に言うと、男は夏希たちが座るソファ席へと歩み寄ってきた。

夏希たちが腰を浮かすと、男は笑顔に変わってそのまま座っているようにと手振りで示した。

「神奈川県警の加藤です」

江の島署と名乗るわけにはいかない。そもそも加藤の捜査は独断で進めているものにほかならない。

「同じく真田です」

加藤が警察手帳を提示したので、夏希もこれに倣った。

「ご苦労さまです。店長でオーナーの水谷と申します」

水谷は夏希たちの正面に座って名刺を差し出して名乗った。

細長い顔にかぎ鼻が特徴的で両の目は大きめだ。

オールバックの髪は黒々としていて、どこか精力的な印象がある。

口もとにたくわえたヒゲがよく似合っていた。

ふつうのサラリーマンとは見えず、バーの経営者が似合っている気がする。

「お忙しいのにすみません」

やわらかい声で加藤は言った。

「いえ、この時間にはほとんどお客さんは見えませんから……で、今日はどのような？」

淡々とした口調で水谷は尋ねた。

「先週、瑞穂大橋で起きた殺人事件のことで伺いました。先週の火曜日に、こちらに加害者と被害者が来店したということですよね」

加藤の言葉に水谷はうんざりしたような顔を見せた。

「あの件では何回も刑事さんにお話ししたんですけど」

ちょっと口を尖《とが》らせて水谷は答えた。

「すいませんねぇ。警察は同じこと何度も訊きに来るんですよ」

愛想笑いを浮かべて加藤は詫《わ》びた。

「で、どんなことがお訊きになりたいんですか」

気難しげに水谷は尋ねた。

「まず、確認したいのはこの写真です。この男性に見覚えはありますか」

加藤はスマホを水谷の目の前に掲げて見せた。

被害者である福原の写真だ。

「ええ、この人、殺された人でしょ？ ニュースでも報道されてましたよ」

「この人は火曜日の夜に来店したんですね」

念を押すように加藤は訊いた。

「はい、間違いありません。たしか八時半頃にひとりで来ました。タクシーだったと思います」

水谷は迷いなく答えた。

「常連さんではないのですね」

加藤の問いに水谷は首を横に振った。

「初めて見えたお客さんです。お名前も存じませんでした」

うなずいた加藤は、ふたたびスマホをタップして一枚の写真を表示させた。

織田のスーツ姿の写真だった。夏希は初めて見るが、この写真を加藤はどこかから入手していたようだ。

「では、こちらの男性はどうでしょうか？」

加藤が提示した織田の写真をぱっと見て水谷は即答した。

「このイケメンの人も火曜日の夜に来ました。さっきの薄毛の人と待ち合わせしていたんです。来たのは九時過ぎですかね。それでふたりでずっと飲んでいたんですが……」

水谷は目を伏せて口ごもった。

「飲んでいてどうしたんですか？」

畳みかけるように加藤は訊いた。

顔を上げた水谷はあきらめたように口を開いた。

「なんだか口論みたいになっちゃって、それで一〇時半過ぎにこの人が会計を済ませると、怒った感じでさっさと出ていったんです。その後すぐに、薄毛の人も会計して出ていきました」

夏希の胸を悲しみが襲った。

いままでの経緯でわかっていたことだが、あらためて逮捕理由を裏づける証言を聞くとやはりつらい。

「出ていった時間が一〇時半過ぎというのは間違いないですね」

加藤はふたたび念を押した。

「そうですね、一〇時半の五分くらい後ですね」

「どうして正確な時間を覚えてるんですか？」

加藤はちょっと厳しい口調で訊いた。

「前にも刑事さんに話しましたよ」

いらだったように水谷は答えた。

「すみませんが、もう一度お願いします」

有無を言わさぬ口調で加藤は言った。

「月曜から金曜までNHKラジオの第二放送で『まいにち中国語』ってのがあるんですよ。再放送なんですけど、午後一〇時一五分からで、ドラマ仕立てになっている完全に初心者向けの番組です。わたし、店が混んでない日はこっそりイヤホンで聴いてるんです。たった一五分間だけですし、バーテンなんてヒマな時間が多いですからね。で、その番組が終わるのが、一〇時半です。ラジオが終わってすぐにイケメンの人が会計しましたから。一〇時半ちょっと過ぎで間違いないでしょう」

はっきりと水谷は言った。

「なるほど、水谷さんは中国語を勉強してるんですか」

「ええ、この店にもときどき中国語を話すお客さんが来ますからね」

水谷はちいさく笑った。

「このふたりがもめていたという話ですが、どんな話をしていたかわかりますか」

加藤は水谷の目を見つめて訊《き》いた。

「わたしは基本的にはお客さま同士のお話は聞かないようにしていますからね。それにあのふたりはいまのこの席に座っていましたんで、カウンターからは遠いんですよ。ふたりとも大声を出すわけじゃなくて声を潜めるようにして話していましたんで」

水谷は首を傾げた。

「会話の内容で、なにか覚えていることはありませんかね？」

加藤は重ねて問うた。

「そう、ひとつだけ覚えていることがあります。イケメンの人が会計しているときに薄毛の人が後ろから近づいて、『おまえウソつきだ。俺はなにもかもぶちまけてやる』とか言っていました。このときは薄毛の人が大きな声を出してましたから、よく聞こえましたよ」

水谷はさらりと言ったが、夏希のこころはざわめいた。

福原にそんな言葉で非難されるようなことを織田はしたのだろうか。

「それに対して相手はなんて答えていましたか」

「いえ、怒ったような顔をしてそのまま出て行ってしまいました」

「ほかにはなにか覚えていませんか？」

加藤は食い下がった。

「さぁ、なにせわたしは直前までラジオを聴いていましたからね」

水谷は口を尖らせた。

「お客さんの、中江さんという方もふたりの争いを聞いていたそうですが」

「薄毛の人が『ひどい男だ』『俺は騙《だま》された』と罵《ののし》っていたと刑事さんには言っていましたね。でも、中江さんもカウンターにいたんで、それ以外のことは聞いていないようでしたね」

このあたりは中江という男に聞いてみる必要があるかもしれない。

「中江さんは常連さんなんですか」

「いえ、その方も常連さんではありません。火曜日と水曜日にたまたまお越しになったんです。で、水曜日の夜に刑事さんが見えたときにも、たまたま店にいましたんで一緒に話を聞かれました。そのときに名前も初めて知ったんです。ふつうはお客さんの名前なんて訊きませんからね」

「じゃあ、中江さんがどんな仕事をしているのか、どこに住んでいるかも知らないんですね」

「知りませんよ。でも、それは警察の方が確認しているようでしたよ」

水谷は疑わしげな目で加藤を見た。

「ええ、もちろんです」

加藤は涼しい顔で答えた。

夏希たちは目撃者の中江はおろか、被害者の福原の資料も入手してはいない。

加藤は石田に要求するかもしれないが、石田がすべての資料を提供するとは思えなかった。

捜査資料は捜査本部の外には出せないのが原則だ。

「店を出て行った後のふたりのことはわかりませんよね」

水谷の目を見つめて加藤は訊いた。

「あたりまえですよ。店を出たお客さんのことなどわかるはずがありません」

素っ気ない調子で水谷は答えた。

「ありがとうございました」

夏希たちが席を立つと、水谷も釣られるように立ち上がった。

加藤が頭を下げたので夏希もこれに倣った。

「ちょっと店内の写真撮らせてもらっていいですか」

加藤は丁重に頼んだ。

「ご自由にどうぞ。ブログとかに載せるんですか」

水谷は冗談めかして眉《まゆ》をひょいと上げた。

「あはは、神奈川県警おすすめの店とか言ってね」

加藤は笑って答えると、スマホでかなりの枚数の写真を撮った。

帰りしなに水谷は戸口まで送ってくれた。

「あんまり役に立たなかったかもしれませんが」

「いえ……参考になりました。では、失礼します」

ふたりは店から外へ出た。

そのまま駅の方向へと歩きながら、夏希は加藤に声を掛けた。

「特捜本部で把握していることの裏づけがとれてしまいましたね」

夏希は落胆の言葉を口にした。

「そうだな……」

うつむいて歩いている加藤は煮え切らぬ答えを返してきた。

「どうかしましたか」

はっきりしない加藤の答えが気になって夏希は尋ねた。

「いや別に……」

「なにか気になるんですか」

「あの店長の水谷という男、何者なんだろうな」

加藤は夏希の顔を見て、あいまいな表情で言った。

「証言が怪しかったと思っているのですか」

夏希の問いに加藤はちいさく首を横に振った。

「いや、そういうつもりはないが……ただのバー経営者には思えないような気がするんだ」

迷いを感ずる加藤の口調だった。

「どういうことですか」

「なんとなく、自分を覆い隠しているようにも感じたんだよな」

加藤の言葉の意味はよくわからなかった。

「いや、ただの印象だ。刑事がこんな不確かなことを言うべきじゃない。忘れてくれ」

それきり加藤は口をつぐんだ。

東神奈川の駅へ向かう途中、夏希は歩くのがやっとだった。

朝からのあまりの環境の変化と、そのあと調べた事実に織田のえん罪を晴らす材料はひとつも見つからなかったことに疲れ果てていた。

詳しい位置を聞きそびれていたので、織田が写っていた駅付近の防犯カメラは見ることができなかった。

だが、仮にわかっていてもあまり意味はないのかもしれない。

今日はもうまわるべき場所は残っていなかった。

夏希はずっと聞きたかったことを加藤に尋ねた。

「いま織田さんは神奈川署に留置されているんですよね」

「ああ、そうだな。取調中だろう」

「織田さんに会うことはできないですよね」

「勾留《こうりゅう》決定までは接見できるのは弁護士だけだ。家族でも無理だ。おまけに殺人罪だとその後もずっと接見禁止がつく。おそらくは起訴されても接見できないだろう」

厳しい顔つきで加藤は答えた。
同級生が私選弁護人とは聞いているが、その弁護士の名前もわからない。
織田のようすを知ることはできない。
相鉄《そうてつ》線経由で帰る加藤とは横浜駅で別れることになった。
「俺は調べを続けてみる」
加藤はひどくまじめな顔つきで言った。
「でも、江の島署のほうは大丈夫なんですか」
「ま、相方を口止めしてときどき一人で抜け出してみるさ」
口のなかで笑うと、加藤は片手を上げてきびすを返した。
遠ざかってゆく背中には淋《さび》しさが漂っているように夏希は感じた。
舞岡《まいおか》の自宅に帰った夏希はなにをする気力もなかった。
神奈川署に留置されている織田のことを思うと胸が潰《つぶ》れそうだった。
夏希は上杉に電話したがやはり通じなかった。
ショートメールへの返信もなかった。
シャワーを浴びると、冷凍食品のパスタをレンジで温めてなんとかのどを通した。
シェリーを一杯飲むと、倒れ込むようにベッドに入った。
いつまでも目がさえて眠れないので、さらにシェリーを二杯流し込んだ。
夏希は嫌な夢にうなされて一夜を過ごす羽目に陥った。

織田が夢に出てくることはなかった。が、きりもみ状態で果てしない暗闇を高い場所から真っ逆さまに落ちていく夢や、沼にはまったと思ったら大きな渦が起きて呑《の》み込まれていく夢など、嫌な夢を立て続けに見た。

# 第二章　信頼

## 【1】

夏希は跳ね起きた。
心臓がドクドクいっている。
なにかに追われていたようだが、よく思い出せない。
だが、心拍数は一五〇を超えている。小説などで言えば「早鐘を打つ」という状態だ。
ゆっくり何度も深呼吸しているうちに心拍数は正常に戻っていった。
睡眠中にも夏希の大脳は織田の逮捕に支配されていたようだ。
壁掛け時計の針はまだ五時台だった。
もう一度ベッドに潜り込んだが、目がさえて少しも眠れない。
あきらめて、ふだんの起床時間と同じ五時半頃にベッドから出てシャワーを浴びた。

コーヒーを淹《い》れてダイニングテーブルについたが、まったく食欲はなかった。

なんとかクロワッサンをコーヒーで流し込むと、夏希は着替えることにした。

とにかく出勤して、誰かに会いたかった。

ひとりでいると不安ばかりが胸をふさいでゆく。

暑くなりそうなのでフレンチスリーブのシルキーな白いブラウスに、グレーのクロップドのテーパードパンツを穿《は》いた。

ハッと気づいたが、コーデの配色が暗い。

とは言っても着替え直す気にはなれなかった。

メロンイエローの薄手のジャケットを羽織ってごまかすことにした。

家を出る前に加藤にメールした。

すぐに「今日もなんとか抜け出して捜査を続ける」という頼もしい返信があった。

夏希の気持ちは少しだけ明るくなった。

一方、上杉には相変わらず連絡がつかなかった。

織田の逮捕という事実を伝えるべきか迷ったが、スマホメールという手段で伝えるべきようなことではない気がした。

やはり電話で直接話して伝えるべきだと思った。

いずれにしても午前中には報道されるのだ。

夏希は上杉のほうから連絡してくることに期待した。

足を引きずるようにして夏希は汐留《しおどめ》庁舎に入った。

始業時刻よりも一時間近くも早い登庁だった。

織田の方針もあってサイバー特捜隊では、定時よりあまり早く出勤してくる隊員はいなかった。

自席のある6号室には、人影がなかった。

織田のいない席を見てもつらいだけなのだが、夏希は左手奥のブースに足を運んだ。

もちろん、デスクには誰の姿もなかった。

だが、驚いたことに横井副隊長とIT担当の五島雅史《ごとうまさふみ》警部補のふたりが、レザーソファに向かい合って座っていた。

横井はライトグレーのスーツ姿、五島はウォッシュの効いたダンガリーシャツに白いチノパンを穿いていた。

サイバー特捜隊では内勤時はカジュアルなスタイルが許されている。頭脳を最大限に動かすために織田が決めた方針だ。

ITエンジニア出身の隊員はほぼ全員がカジュアルウェアで執務している。いざというときのために更衣室のロッカーにはスーツを用意しているのだ。

「おはようございます」

ふたりの表情を見て、横井も五島も織田の逮捕を知っていると気づいた。

「真田さん、おはよう」

横井は硬い声であいさつを返してきた。

「隊長が……」

五島はのどを詰まらせた。

夏希も思わず目を伏せた。

「その表情を見ると、真田さんはもう知っているようだね」

横井は不思議そうに訊《き》いた。

「はい、実は……」

一瞬、迷ったが、ふたりには事実を伝えなければならない。

「わたし、昨日、鎌倉で織田さんと食事してたんです。食事を終えたら、外に神奈川県警の捜査一課の捜査員たちが待ち構えていて、織田さんを通常逮捕したのです」

感情を抑えて夏希は言った。

幸いにも涙は出なかった。

「そうでしたか」

落ち着いた表情で横井はうなずいた。

「気になっていたデータを確認したくて、僕は少し早めに出勤したんです」

暗い声で五島は言った。

「五島くんに最初に伝えたつもりだけど、真田さんが知っているとは驚いたな。とにかく座ってください」

横井の言葉に、夏希は五島の隣に座った。

「これはなにかの間違いです。織田さんがそんなことするはずがありません」

夏希はきっぱりと言い切った。

「わたしもそう思っている」

横井は夏希の目を見てうなずいた。

「僕だって誤認逮捕と信じていますよ」

五島は興奮気味の声で言った。

「奥平《おくだいら》参事官から電話があったときにどうしても信じられなかった」

横井は苦しげに言った。

警察庁長官官房には五名の参事官がいる。階級は警視長で、そのうち一名の奥平貞道《さだみち》が国際・サイバーセキュリティ対策調整担当となっている。実質上の織田の上司である。

「あの、奥平参事官からどんな事実を聞いていますか」

まずは横井がどこまでの事実を知っているかを把握すべきだ。

「昨日の午後〇時三二分、織田隊長が殺人容疑で神奈川県警に通常逮捕され、神奈川署に留置された。おまえは職務を代行しろ。本日午前一〇時頃に警察庁の関東管区警察局と神奈川県警刑事部とが合同で記者会見を開く予定なので、マスコミ対応をしろ。ただし余計なことは一切言うな。事件については神奈川県警に聞いてくれと言うように命じられた」

感情を抑えた声音で横井は冷静に事実を告げた。

さすがは織田が「後輩のなかではずば抜けて優秀な男」と評しているだけあって、こんな場合でも冷静さを少しも失っていない。

夏希は横井の頼もしさにこころのなかで感謝した。

それにしても、奥平参事官はもっと早く横井に連絡できなかったのだろうか。

あるいは警察庁の刑事局からの連絡に時間が掛かったのだろうか。

もっとも連絡が遅かったおかげで、夏希は昨日の午後は自由に動けたのかもしれないが。

「参事官は容疑について詳しいことはお伝えにならなかったのですか」

夏希の問いに、横井は冴《さ》えない顔でうなずいた。

「うん。殺人容疑としか教えてもらっていない。聞いても答えてくれないんだよ。わたしも記者会見を待っているところなんだ」

「マスコミが殺到するのでしょうか」

夏希は職場が乱されることが不安になった。

「汐留庁舎が秘密部署であることに変わりはないんだ。ここにマスコミが押し寄せてくることはない。マスコミに対してはさいたま新都心の本庁舎で対応することになる。もっとも奥平参事官の指示通り、なにも答えることはできないんだがね」

横井は眉《まゆ》をひそめた。

「わたしの知っている限りの情報をお話しします。ただし、情報を提供してくれた人に迷惑を掛けるおそれもありますので、いまの段階ではおふたりの胸に留《とど》めてください」

夏希は二人の顔を交互に見て言った。

「もちろん他言はしないさ」

横井がはっきりした口調で答えた。

「ぜひ、教えてください」

五島も深くうなずいた。

「実は昨日、神奈川県警刑事部の佐竹管理官から教えてもらえるだけの事情を聞きました。続けて、江の島署の加藤巡査部長に来てもらって一緒に現場へ行きました」

「ああ、前回、前々回の事件で大活躍してくれた方ですね」

少し元気な声で五島は言った。

「ええ、加藤さんが現場に捜査一課の石田巡査長を呼びだしてくれました。石田さんはかつて加藤さんの相方というか弟子だった刑事で、わたしもよく知っています」

夏希は佐竹と石田から聞いた話を細大漏らさずふたりに伝えた。

「なるほど、先週の火曜日の夜か。たしかに隊長は霞が関の本庁に会議に出かけたね。その後の犯行ということか……。被害者は織田隊長の高校の同級生なんだね。『警察庁に伝えたい情報があるので買ってほしい』という申し出の中身はなんだったんだろう」

横井は首を傾げた。

「織田さんの話では、待ち合わせ場所の《オージーヒート》に行ったときには、福原さんからそうした情報などは聞いていないということです」

夏希の言葉に五島も目を瞬《しばたた》いた。

「福原さんの話は最初からデタラメだったのかな……」

いまとなっては真実はわからない。

だが、完全にデタラメという保証はない。織田に買ってほしい情報となると、警察にとって重要な話である可能性も残る。

「で、わたしはその後、加藤さんと《オージーヒート》に行って店長の水谷さんという方に会って、織田さんと福原さんの火曜日の行動について聞きました。さらに水谷さんから、中江さんというその場にいたお客さんのことも聞きました。ふたりは県警から事情を聴かれていて、織田さんが店から出た時間や、織田さんと福原さんがもめていたことを証言しています」

夏希は水谷から聞いた話も詳しく聞かせた。

「織田隊長の弁解と決定的に違うところは退店時刻ですね。隊長は九時一五分と言っているところ、水谷さんは一〇時三五分頃と言っている。一時間二〇分も違うんですね。そしてふたりはもめていた……」

五島は言葉を途切れさせた。

「とにかく、特捜本部ではふたつの人証と、三つの防犯カメラの映像という物証から隊長を逮捕したというわけか」

横井は低くうなった。

「特捜本部では織田さんがウソをついていると考えています。もちろんわたしは信じていません。それにタクシーの件も不可解です」

夏希の言葉に横井は大きくうなずいた。

「わたしもそこに引っかかったんだよ。織田隊長がそんなすぐにバレるウソをつくとは信じられない」

きっぱりと横井は言い切った。

「加藤さんは、織田さんが会社名を勘違いしてたんじゃないのかって言ってました」

夏希自身は加藤のこの説には懐疑的だった。

「長年、隊長とは一緒に仕事してきたけど、そんな勘違いをする人とは思えない。あいまいな記憶ならそんな話を主張するわけはない」

横井は首を横に振った。

「そうですよね……」

夏希は横井ほど織田のことを知っているわけではない。だが、いままでのつきあいのなかで感じている織田への感覚は同じだった。では、《ケイヒン無線》のタクシーはどこへ消えてしまったというのだろう。

五島は顔を床に向けてしきりに考え込んでいる。

「とすれば だ。何者かが織田さんにアリバイを作らせないために、どこかからヴァーミリオン色のタクシー車両を用意して、《ケイヒン無線》のニセタクシーを作ったということだ。さらに、店から出てくる織田さんを待ち構えていたという可能性を考えるべきだな」

横井は言葉に力を込めた。

「そんな手の込んだことを誰がするんでしょう」

背後に大きな黒い影を感じて、夏希はぶるっと身を震わせた。

「わからん。だが、織田さんがウソをついているのでなければ、これ以外には考えられないのではないだろうか」

「わたしは織田さんがまっすぐな人であることを知っています」

夏希の言葉に横井は大きくうなずいた。

「そうか……」

考え込んでいた五島が顔を上げた。

「いちばんの物証である、防犯カメラの映像を見たいな」

五島の目に力がみなぎっていた。

「なんだって」

横井は五島の顔を見て目を瞬いた。

「東神奈川駅付近の二件は後回しでもいいんですけど、瑞穂大橋の動画をしっかりと見てみたいんです」

熱っぽい口調で五島は言った。

「無理だ。特捜本部が外に出すとは思えん」

渋い顔つきで横井は答えた。

「くそっ、無理か。こいつが崩れれば、話はぜんぶ変わってくるんだけどなぁ」

歯ぎしりして五島は悔しがった。

「どうしてですか？　すでに画像解析が済んでいて、体形等で織田さんと判明しているんですよ」

夏希にはピンとこなかった。

「それはレベル判定型の一般的な画像解析だと思うんですよ」

五島の言葉の意味が夏希にはわからなかった。

「え？　それなんですか」

「ごく簡単に言いますね。画像に写っている目、鼻、耳、輪郭などの複数の部位を確認して、事前に登録した織田隊長の顔と一致するか判定するようなタイプです。今回の場合は手足や体形なども確認しているはずです」

「なるほど、わかりました」

画像解析とはそういうものだろうと思っていた。

「でもね、問題の決定的証拠ってヤツは、このレベル判定型の画像解析をクリアする動画かもしれないんですよ」

考え深げに五島は言った。

「たとえば、どんな動画ですか？」

「高度なＡＩ技術によるディープフェイク動画である可能性を否定できません」

「ディープフェイク動画ですって！」

夏希は叫び声を上げた。聞いたことがあるが、今回の事件の動画については考えもしなかった。

「顔だけをすげ替えるディープフェイクポルノという恐ろしいものも存在すると聞いているな」

横井も身を乗り出した。

「ええ、それもディープフェイク動画の一種です。織田さんの全身写真があれば、ＡＩ技術で事実とは異なる動画を作ることも不可能ではないんです。全身の座標位置を測定した上で一種の実写を素材としたアニメーションを作成するわけです。目、鼻、耳、輪郭などのかたちも現実の座標から取るわけですからきちんと再現できます」

五島の声には張りがあった。

「そう言えば、ウクライナのゼレンスキー大統領のフェイク動画が世界を騒がせたな」

あごに手をやって横井は言った。

「はい、この三月のことです。ゼレンスキー大統領がロシアへの降伏を発表しているように見せかけた動画がＦａｃｅｂｏｏｋとＹｏｕＴｕｂｅ、それからロシアのＶＫｏｎｔａｋｔｅ《フコンタクテ》というＳＮＳに投稿されました。さらにクラッカーがウクライナのテレビ局であるＵｋｒａｉｎｅ24のサイトをクラッキングして、フェイクニュースとともに掲載したために拡散しました。この動画では大統領の声をもサンプリングしてＡＩによって作成していた可能性があります。その合成された音声が偽のメッセージを発信したのです」

五島は明るい表情で言った。

「その動画、わたしもネットのニュースで見ました。ゼレンスキー大統領自身がＦａｃｅｂｏｏｋで、『この動画は偽物だ、騙《だま》されてはいけない』という主旨の言葉を発表したことで鎮火したんでしたよね」

夏希の声にも元気が出てきた。

「そうです。ゼレンスキー大統領は、Ｕｋｒａｉｎｅ24が自社サイトがクラッキングされたと報道した直後に否定声明を発表しています。ウクライナ政府は以前からこうした攻撃を受けることを予想していたために、対応が早かったのです。その甲斐《かい》あって世界中に大きな混乱を呼び起こすことなく事態は収束しました。また、この動画は急いで作られたものなのか、技術的に未熟だったのか、大統領の輪郭が少しおかしかったり、顔がゆがんでいたりしました。わりあい短時間のうちにフェイクであることが明らかになりました」

「あの動画には、すっかり騙されてしまいました。あれだけのディープフェイク動画が作れるんですもんね」

明るい声で夏希は言った。

「そうです。あのレベルの動画が比較的容易に作れるのですから、夜間の不鮮明な防犯カメラの映像を作ることは、技術のある者にとっては難しいことではないでしょう。織田隊長の顔写真は何度か報道されています。四月のサイバー特捜隊発足時には全身が写る動画もニュースに出ました。サンプリングするのは容易だったと思います」

はっきりとした口調で五島は言った。

「なるほどなぁ……」

横井は大きくうなずいた。

「もちろん実際の動画を解析しなければ決定的なことは言えません。しかし、防犯カメラの映像は今回の事件でいちばんの物証となっており、逮捕状発給の理由となっているはずです。その映像が何者かによって作られたディープフェイク映像である可能性はきわめて高いと考えられます」

自信たっぷりに五島は言い切った。

身体じゅうに元気が蘇《よみがえ》ってくるのを夏希は感じた。

「"xpression camera" というＷｉｎｄｏｗｓとｍａｃＯＳ用のソフトウェアがあります。このソフトはウェブカメラに写った自分の姿を他人と差し替えることができるんです。

首の動き、瞼《まぶた》の開閉、口の動きがかなりリアルに再現されます。しかもです。差し替え用には2Dの写真を取り込んでいるのに、首を横に向けてもその動きに対応するのです。Zoomやウェブ配信で真田さんがオードリー・ヘプバーンになって話すことができるんですよ」

五島はさらっと説明しているが、夏希はかなり驚いた。そんなソフトが市販されているのか。

「相当に高額なソフトなんですか」

夏希の問いに五島は首を横に振った。

「いえ、月額八ドルか年額八四ドルとそんなに高いソフトではありません。僕は使っていませんが、試用版はタダでダウンロードできます。フェイク動画なんて、いまやとても身近なものになっているんです。"xpression camera"は一例に過ぎません。この手のAI動画ソフトはいくつも供給されており、年々精度が上がっています。VTuberなどがさかんに用いるようになるのも時間の問題のような気がします」

口もとに笑みを浮かべて五島は言った。

「フェイク動画ってのはそんなに簡単に作れるのか」

驚きの声で横井は言った。

「そんな映像だと、相手の顔がホンモノかニセモノか区別がつかなくなりますね」

夏希の声は弾んだ。

防犯カメラの映像はやはりフェイクなのだ。

身体がのびやかになるのを夏希は感じていた。肩からも力が抜けてゆく。

「しかし、副隊長、ディープフェイク動画を作っただけでは、敵の今回の作戦は意味がないですよ。こちらはフェイク動画の作成のように簡単な話ではありません」

五島は眉間《みけん》に深くしわを刻んだ。

「そうだな、問題の動画は県警が設置した防犯カメラに写っていたものだ。そんなところにディープフェイク動画などが存在するはずはない」

額を曇らせて横井は言った。

「言うまでもなく、その防犯カメラのコントロールサーバーをクラッキングしたのですよ。そうしてある一定の時間、今回であれば七月五日火曜日の午後一〇時四七分の前後にディープフェイク動画を割り込ませた。それ以外には考えられません」

五島の言葉に横井は顔をしかめた。

「県警本部のサーバーをクラッキングしたとなると、またもスゴ腕クラッカーの登場というわけか。いったいどこの誰が我々を陥れようとしているのだろう」

横井は眉間にしわを寄せた。

「個人か組織かはっきりしませんが、高度な技術を持ったクラッカーであることは間違いがないでしょう。我々に挑戦するつもりなのでしょうか」

気難しげな顔で五島は答えた。

「わからん。エージェント・スミスは特殊な事例だったからな」

腕組をして、横井は鼻から息を吐いた。

あの事件はまさに特殊だった。

「大きく分けて三つの目的が考えられると思います。ひとつは我々に対する挑戦です。自分の技術の高さを誇り、同時に日本のサイバー犯罪捜査の中心地であるサイバー特捜隊に不名誉な烙印《らくいん》を押そうとしている人間またはグループです」

歯切れよく夏希は切り出した。

五島のおかげで感情が安定してきた夏希の頭脳は少しずつ回転し始めた。

「要するに愉快犯ということだね」

横井は夏希の目を見てうなずいた。

「もうひとつは、リーダーである織田隊長を陥れることで我々を精神的に不安定にすること自体が目的というケースです。サイバー特捜隊の力を削《そ》いで、その隙に乗じてなんらかの大きなサイバー犯罪をもくろんでいる輩《やから》です」

「なるほど、サイバー特捜隊崩しか……その場合には利得犯の可能性が高いかもしれん」

あごに手をやって横井は言った。

「最後は織田さん個人に恨みがあって、その復讐《ふくしゅう》のためにこんな犯行を実行した場合です」

夏希の声は曇った。

そんな人間がこの世にいるとは信じたくないが、織田はさまざまな事件に関わってきた。関係者に織田に対して恨みを抱いている人物がいないとは断言できない。

「つまり怨恨《えんこん》犯だな」

即座に横井の答えが返ってきた。

「愉快犯、利得犯、怨恨犯、いったい犯人の動機はなんなのでしょうか」

五島は眉根《まゆね》を寄せた。

「そのうちふたつ、あるいは三つの目的を併せ持っている可能性も否定できません」

夏希の言葉に横井は何度かうなずいた。

「たしかに真田さんの言うとおりだ」

「もうひとつ感じたことなんですが、クラッカーが個人か組織かはわかりません。でも、ニセタクシーの件を考えれば、個人の犯罪と考えることは難しいと思います。やはり、今回の一件は何らかの組織が絡んでいるのではないでしょうか」

話しているうちに夏希の気持ちは確信に近いものとなってきた。

織田は何らかの組織にハメられたのだ。

「だとすれば、《オージーヒート》の店長と客のふたつの人証もしっかり検証しないとならないな。そのふたりが組織の一員や息の掛かった人間である可能性もないとは言えない」

横井は目を光らせた。

「ええ、そんな疑いをわたしも持っています」

夏希はオールバックにした精力的な印象の水谷の顔を思い出した。

加藤が口にした「ただのバー経営者には思えない」との言葉を思い出した。忘れてくれと言っていたが、刑事としての加藤の直感の鋭さを夏希はよく知っている。

「副隊長と真田さんは、ふたりの証言がウソだと言っているんですか」

五島が驚きの声を上げた。

「たしかにまともな人間であれば、警察に対してウソの証言などしない。だが、そのふたりはいったい何者であるのか……たとえば反社寄りの人間なら、組織の命令でウソをついている可能性もある」

考え深げに横井は言った。

「となると、物証も人証も怪しくなってきますね」

思わず夏希の声は弾んだ。

織田を逮捕した理由は消滅する。

「もちろん断言できるような話ではない。ひとつの可能性に過ぎない」

横井は慎重に答えた。

「なんとか、水谷と中江を調べたいですね」

五島は言葉に力を込めた。

「我々は動けない」

横井の冴《さ》えない声が響いた。

「そうですね。サイバー特捜隊がそんな捜査をしていることが上にバレたら、横井副隊長もどんなおとがめを受けるかわかりません」

肩をすぼめて五島は言った。

「江の島署の加藤さんが引き続き調べてくれています。水谷店長と中江さんについても調べてくれるはずです」

夏希はふたりを励ますように言った。

「加藤さんは二回の事件で大きな成果を上げてくれた。彼に期待しよう」

横井の表情が明るく変わった。

「はい、わたしも頼みにしています。あとでここで話し合った内容を連絡しときます」

にこやかに夏希は言った。

「だが、加藤さんひとりにまかせておくわけにはいかない。彼だって本務がある。我々はなにから手をつければいいのだろうか」

嘆くように横井は言った。

「僕は神奈川県警の防犯カメラシステムについて調べてみます」

背筋を伸ばして五島は言った。

「おい、県警のサーバーへのクラッキングはなしだぞ。そんなことをすれば、我々が犯罪を実行することになってしまう」

あわてたような横井の声が響いた。

「わかっています。許可をもらうまではそんなことはしませんよ。でも警察の防犯カメラのシステムやコントロールサーバーの仕組みなどで公開されている資料があります。事前にしっかり調べておきたいんです。また、同様の防犯カメラに対するクラッキング事例がないか調べてみます。とくに組織による犯行事例を世界中から探してみます」

五島の目は輝いていた。

「五島チームの力が落ちるが、誰かに手伝わせよう」

にこやかに横井は答えた。

「ありがとうございます。妻木《つまき》くんか溝口《みぞぐち》くんのどちらかに手伝ってもらいます」

ふたりともITエンジニア出身の優秀な巡査部長だ。

私生活も大変なことだと思うが、妻木麻美《あさみ》は元気に勤務している。

彼女の明るい笑顔を見ると、夏希はいつもホッとする。

「ところで、もうそろそろみんなを集めなきゃならないな」

一転して横井は憂うつそのものの表情に変わった。

## 【2】

それから一〇分ほどして6号室の会議スペースに、汐留庁舎に勤務する三一人の隊員全員が集められた。

スーツ姿とカジュアルウェアが混在していて不思議な雰囲気だ。

ふだんは全体ミーティングを行わないサイバー特捜隊だけに、誰もがふつうでない事態が発生したことを感じているのだろう。緊張感が部屋全体を覆っていた。

部屋の前方に立った横井は皆に向かって静かに口を開いた。

「大変、残念なことをお伝えしなければならない。昨日午後、織田隊長が神奈川県警に逮捕された」

横井の声は部屋中に響き渡った。

「えっ」

「ウソでしょ」

「そんな……」

部屋のあちこちから衝撃の声が聞こえた。

だが、横井が黙って皆を見渡すと、すぐに部屋は静まりかえった。

「おそらくは今日の午前中には記者発表される。報道も為《な》されるはずだ。わたしが本庁から伝えられている内容は、織田隊長が殺人容疑で通常逮捕され、神奈川署に留置されているということだけだ」

不思議なことに今度は誰の声も聞こえなかった。

誰もが息を呑《の》んでいるのだろう。

と言うより、横井の言葉の意味が理解できなかったのかもしれない。殺人容疑……それは織田とはまったく相容《あいい》れない言葉だからだ。

「また本庁からは、マスコミ等の取材があった場合には、すべては神奈川県警に聞いてくれと答えるように指示されている。幸いにも本汐留庁舎は極秘施設であり、世間に公開されていない。それゆえ、本庁舎にマスコミが押しかけることはない。ただ、今回の一件については箝口令《かんこうれい》が敷かれているということは意識してほしい……」

横井の言葉をさえぎるように野太い叫び声が響いた。

「あり得ないっ、あり得ない、あり得ないっ」

機動隊出身の大関《おおぜき》巡査部長の声だった。

大関はかがみ込んで膝頭を床につけ、天井を見上げて咆哮《ほうこう》している。

夏希などとは違い、大関は機動隊で厳しく上意下達の警察秩序を叩《たた》き込まれているはずだ。

警視である横井の話をさえぎって叫ぶなど警察官として許される行為ではない。

どれだけ動揺しているかがわかる。彼は隊員という自らの立場を忘れ、ひとりの人間としてこの事態に怒っているのだ。

横井はたしなめることなく、黙って悲しげに大関を見つめている。

「そうだよ、信じられるわけないだろっ」

釣られるように同じ機動隊出身の皆川《みながわ》巡査部長が叫んだ。

「そうですよ、織田隊長はそんな人じゃない」

いつもはさわやかな笑顔の溝口巡査部長が、目を吊《つ》り上げて叫んだ。

「わたしどうすれば……」

麻美の両目からどっと涙があふれ出た。

次の瞬間、麻美はふらっと身体を揺らして横に倒れそうになった。

「妻木さんっ」

夏希が叫ぶより早く、大関が麻美を抱きかかえた。

「すみません」

麻美は大関に謝って、身体を立て直した。

誰もが織田の逮捕を悲しみ怒っている。

「皆の気持ちはよくわかる。わたしもまったく同じ気持ちだ。だが、これは事実だ。わたしたちは事実を受け止めていかなければならない」

静かだが、悲愴《ひそう》感の漂う横井の声に、ふたたび室内は静まりかえった。

汐留庁舎のナンバー3とも言うべき山中警部は、無言で床に目を落として考え込んでいる。

彼は千葉県警捜査一課出身のベテラン刑事だ。織田の問題で、汐留庁舎内でいちばん頼りになるのは山中に違いない。

「わたしたちサイバー特捜隊は粛々と職務を遂行しなければならない。いまこの瞬間にも日本中で数多くのサイバー犯罪が発生しているんだ。これらの憎むべき犯罪と戦い続けるのが我々の使命だ。わたしたちはたゆむことなくそれぞれの職務に邁進《まいしん》しなければならない」

横井の声は凛《りん》と響いた。

隊員一同は黙ってうなずいた。

「ここからはわたし個人の意見だ。副隊長としての発言ではない。ここだけの話として聞いてほしい」

全員の顔を眺め渡して言葉を続けた。

「わたしは織田隊長の無実を信じている……以上だ。仕事に戻ってくれ」

横井の言葉の残響が室内に残った。

皆の顔にいくらかの明るさが戻ってきたような気がする。

隊員たちは次々に6号室を出ていった。

「妻木くん」

五島が麻美を呼び止めた。

「僕はしばらくある事件の専任になる。君にサポートしてほしいんだ」

やわらかい声で五島は頼んだ。

「あ、はい……」

麻美は不安そうに五島を見た。

さっきの失態で能力を危ぶまれたと感じたようだ。

「大丈夫、この仕事にいちばんふさわしいのは君だよ。だから頼む」

五島はゆったりと微笑んだ。

「わかりました。よろしくお願いします」

麻美はしっかりと答えて頭を下げた。

織田への麻美の思いを考慮した五島の人選はさすがだ。

横井も納得したようにうなずいている。

先週、織田から渡されていた資料を読む気がせず、夏希はそのまま立っていた。

山中もまた部屋に残っていた。

「副隊長、ちょっとお話があるんですがねぇ……」

横井に歩み寄って、山中は静かに申し出た。

「わたしも山中さんには話したいことがある。真田さんも一緒に来てくれ」

横井は手招きで誘った。

「お茶を買ってきますね」

横井の発表の際に緊張したせいかのどが渇いていた。夏希は7号室に走って緑茶のペットボトルを三本買ってきた。

織田のブースに戻ると、ソファのカフェテーブルに緑茶を置いた。

「ありがとう」

「ちょうど飲みたかったんだ」

横井と山中は次々にペットボトルを手に取った。

山中の隣に夏希は座って、自分もペットボトルに口をつけた。

ゆっくりと山中は口を開いた。

「副隊長は、もっと詳しいことを知ってんじゃないんですか」

鋭い目で山中は横井を見た。

「図星だな」

ベテラン刑事の眼光に負けたわけでもあるまいが、横井はあっさりと認めた。

「やっぱりそうですよねぇ」

山中はかすかな笑みを浮かべた。

「本庁から聞いたことはさっきすべて話したよ。だけど、山中さんにはなんでバレたんだろう？」

不思議そうに横井は訊《き》いた。

「さっき副隊長が、織田隊長の無実を信じていると言われたときの顔を見てたんですよ。あのときの表情は単なる希望を述べているだけとは思えなかったんだ。だからね、無実と考えられるような事実をなにかつかんでるんじゃないかと思いましてね」

淡々と山中は答えた。

「さすがは名刑事だ。不用意に素顔は見せられないな」

冗談めかして横井は言った。

「よしてくださいよ。人を厄介者扱いしないでください」

山中は眉根《まゆね》を寄せる仕草を見せて笑いながら言葉を継いだ。

「じゃあ情報の出所はどこです？」

「真田さんだ」

横井は夏希にかるくあごをしゃくった。

「先生がどうして？」

不審そうに山中は訊いた。

山中は夏希のことをすっかり先生扱いにしているが、気にしないことにしていた。

「実はわたし、昨日、織田隊長とランチしてたんです……」

夏希はさっき横井や五島と話した際に報告した内容を山中につぶさに伝えた。

「なるほど、なるほど」

話を聞きながら、山中は感心したように何度かうなずいた。

「いまの真田さんの話を聞いて、今回の事件をプロの刑事から見てどんな風に思うかね？」

山中の目をまっすぐに見て横井は尋ねた。

「これ、織田隊長、ハメられましたね」

厳しい顔つきで山中は言った。

「やっぱり山中さんもそう思いますか」

夏希は声を弾ませて身を乗り出した。

「ええ、隊長は誰かともめて激情に駆られて人を殺すような人間じゃありませんよ。そういった血の気の多い連中はずいぶん見てきてますが、隊長はおよそ正反対のタイプだね」

はっきりとした口調で山中は答えた。

「江の島署刑事課の加藤さんもそう言ってました」

嬉《うれ》しくなって夏希は言った。

「ああ、いい刑事だね。二回の事件でずいぶん助けてもらった。一度会ってみたいもんだな……とにかく、織田隊長は冷静沈着な方ですよ。副隊長だって知ってるでしょう」

山中は横井の顔を見て言った。

「福原さんにケンカを売られて争っているうちに、つい殺してしまったという線はあり得ないか」

横井は不安げに尋ねた。

「それはありませんよ。織田さんともみ合ったとしたら、福原さんに防御創が残るはずです。神奈川県警の捜査一課が見落とすはずはありません。それにね、だいたい死因は後頭部への打撲ってことでしょう。そのパターンは被害者が相手に対して警戒心を持っていないときに可能なんですよ。ケンカしてる相手に背中をさらすのは、よっぽどのうっかり者ですよ」

山中はのどの奥で笑った。

「おっしゃるとおりですね」

夏希は明るい声でうなずいた。

「防犯カメラの映像という、れっきとした物証があったから特捜本部は逮捕に踏み切ったんですな。しかも犯行そのものが写っているんだから、決定的な証拠ですよ。警察庁《ちょう》のお偉方としては握りつぶしたかったでしょうね。でも、万が一そんなことがバレたら、何人の首が飛ぶかわからないからねぇ」

のんきそうな口調で山中はひどく緊張感のある話を口にしている。

「そんな隠蔽《いんぺい》工作が露見したら、長官ですら無傷ではいられないだろう」

横井は厳しい顔つきで言った。

「警察内には不満分子も多いですよ。マスコミにリークするヤツがいないとは限らない。それに、いまどきはSNSってものがあるじゃないですか。たとえば特捜本部に所属している下っ端の捜査員が、ちょっとでも誰かに漏らしちまったら目も当てられないからね。織田隊長の逮捕を報じたほうが、まだ処分者は少ないでしょう。それならばさっさと逮捕しちまえって話に傾いたんでしょうな。対応が早ければ世間の非難も少なくなるはずだからねぇ」

したり顔で山中は言った。

「その物証も五島くんの説明を聞いて信用できなくなった」

言葉に力を入れて横井は言った。

「そうなんですよ。わたしはね、そのフェイク動画のことを聞いて、織田隊長がハメられたことを確信しましたよ。そいつをきちんと解析してAIで作られた偽動画だってことを立証できたら、隊長はすぐに釈放されますよ」

畳みかけるように山中は言った。

「だが、それを立証する手段がない」

横井は苦しげに答えた。

「副隊長がうちのえらい人、奥平参事官とかを動かして、神奈川県警から映像データをもらえませんかね。それを解析し直しゃいいわけです」

誘うような調子で山中は言ったが、横井は首を横に振った。

「残念ながらわたしクラスでは奥平参事官に会うことすら難しい。わたしごときが五島くんの話をしたところで信じてはくれないだろう」

苦々しい顔つきで横井は答えた。

「無理ですか……」

「だが、織田隊長を救うためだ。あとで電話はしてみるよ。いちおう隊長代行だ。今なら直接電話できる」

自信なげに横井は言った。

階級からしても奥平参事官はふつうでは会話できる相手ではない。

「さすがは副隊長」

山中は手を叩《たた》いたが、横井の表情は冴《さ》えなかった。

「人証についてはどう思う？」

横井は質問を変えた。

「動画がフェイクなら、もちろん水谷って店長と客の中江の証言もウソですよ」

山中は自信ありげに断言した。

「そのふたりはやっぱりウソをついていたのですね」

抑えようとしても夏希の声は弾んでしまった。

「だって一〇時四七分っていう殺害現場の記録がウソなんだ。それを補強するために織田隊長の退店時刻を一〇時半過ぎなんて証言しているのもウソに決まってます。フェイク動画を作ったヤツらと水谷、中江はみんなグルですな」

奇妙な声で山中は笑った。

「そうなると、物証も人証もすべて存在しなくなる」

横井は静かに答えた。

「だから織田隊長は無実なんですよ」

山中は言葉に力を込めた。

「そうですよね！」

夏希は思わず叫んでしまった。

「わたしゃそう思ってますよ」

明るい声で山中は言った。

「織田さんがどんなにまっすぐな人であるかをわたしは知っています。わたしの勘違いでなければ、織田さんはサイバー特捜隊長となってから、自分や警察組織を守ろうともしなくなった。織田さんはいつもこの隊のメンバーを守ろうとしています。織田さんはこの隊のメンバーと出会って変わったんです。そんな織田さんがメンバーを悲しませるようなことをするはずがありません」

あまりに感情的な声が出てしまった。

恥ずかしさで夏希の頬は熱くなった。

「織田さんはたしかに変わった」

横井はしみじみとした声を出した。

「仮にわたしがその捜査本部《チヨウバ》を仕切ってたら、もっと慎重にコトを進めますね。なにせ被疑者候補はエリート警察官僚ですよ。まぁ、自分は仕切れるような立場じゃないが」

自嘲《じちよう》的に山中は笑った。

夏希は野心的で突っ走りがちな芳賀管理官の顔を思い出した。

ただ、今回の件では黒田刑事部長が最終判断しているはずだし、福島捜査一課長も同意している。芳賀管理官がどうのという話ではないだろう。

「しかし、警察に対して平気でウソをついて他人を殺人罪に陥れるなんてまともな神経じゃないな」

横井は顔をしかめた。

「もちろん一般市民であるはずがないですよ。こいつらは我々を狙う組織のメンバーか、息の掛かった連中に決まってます」

山中は吐き捨てるように言った。

「どんな組織だと思いますか」

夏希は山中の目を覗《のぞ》き込むようにして訊《き》いた。

ベテラン刑事の山中ならば見当がつくのではないか。

「さぁ、皆目見当がつかない。ただね、暴力団みたいな反社じゃないですよ。わたしゃ短い間だけど、暴対にいたことがあります。もし、ヤクザなら運河に浮かんでんのは織田隊長だよ。ヤツらがサイバー犯罪を計画してて織田隊長が邪魔だと思ったら、容赦なく隊長を殺しますよ。こんな風にまどろっこしいやり方は絶対にしない。断言してもいいですよ。だからわからないんだ。タクシーの件も奇妙奇天烈《きてれつ》だしね」

山中は顔をしかめた。

「タクシー運転手もグルなんですね」

論理的に考えてもほかに選択肢はないと思うが、夏希は念を押した。

「もちろんグルですよ。こんな手の込んだことをするのは誰なんだろうな。違法な営業をしている怪しげな自動車整備工場も一枚嚙《か》んでいるようですね。ヤクザも盗難車を外国に売っ払うときなんかにゃ、怪しい整備工場を使って車台番号を消させたりしますからね。どうせ金もらって中古タクシーを《ケイヒン無線》のクルマに仕立て上げたんでしょう。緑ナンバーももちろん偽造ですよ」

なるほど、そういった整備工場も存在するのか……。

「わたしの推察をお話ししますね。織田さんは被害者の福原さんに呼び出されて午後九時頃に《オージーヒート》に行った。福原さんは情報とやらを話さずに借金の申込なんぞしてきたので、織田さんは店を出た。すぐのところの瑞穂大橋にタクシーが停まっていたのでそれに乗って帰宅した。ここまでは織田さんの弁解通りです。その後、一〇時半過ぎに何者かが福原さんを店から連れ出し、瑞穂大橋で撲殺して遺体を運河に投棄した」

山中は自信ありげに説明した。

「ま、そういうことになるだろうな」

横井は深くうなずいた。

「福原さんは本当に織田さんにタレコミするつもりだったんですよ。どんな内容かはわかりませんが……。それを知った組織の者に消された。殺して運河に投げ込んだのもそのふたりかもしれない。その罪を織田隊長にかぶせるのも最初からの計画ですな。犯人にしてみりゃ一石二鳥の作戦ってわけです」

渋い顔で山中は言った。

「水谷と中江を徹底的に調べる必要があるな」

横井の声に力が入った。

「残念ながら、もうトンズラしているかもしれないですな」

山中はあごに手をやった。

「特捜本部に水谷たちを追わせなきゃ」

焦燥感が夏希を襲った。

「すでに織田隊長を逮捕しているんだ。証拠もそろってる。ただの推理だけで特捜本部が動くはずはないだろ」

横井は眉間《みけん》に深いしわを寄せた。

「でも、このままでは織田さんの無実の罪を晴らすことができないじゃないですか」

はやる夏希を山中はかるく手で制した。

「いや、特捜本部に下手に動かれると、かえって水谷や中江は深く潜伏するおそれがありますよ。特捜本部にはうっかり者も少なくないだろうから、聞き込みで相手に悟られるおそれだってある。うちの優秀な連中を横浜に出せないのが悔しいな」

山中は眉根《まゆね》を寄せた。

「ちょっと待ってください。加藤さんに連絡したいんですけど」

頼れるのは加藤しかいない。

「ああ、その電話を使ってくれ。本庁の回線を通じてつながる」

横井は壁の白い固定電話を指さした。

手もとのアドレス帳から加藤の携帯番号を探し出して、夏希はボタンを押した。

庁舎内で自分のスマホが使えないサイバー特捜隊に異動してすぐに、夏希はスマホ内のアドレスをすべてプリントアウトして紙の手帳に貼り付けてある。

数回のコールで加藤は電話に出た。

「出てくれてよかった」

夏希はホッと息をついた。

「俺の携帯番号を知っている相手は信用できる。どうした、真田？　なにかあったか？」

「いま大丈夫ですか？」

「ああ、聞き込みの途中だ。うちの管内で発生した恐喝事案のな。なかなか退屈だぞ。ホシが半グレだってわかったんで、マル暴に振っちゃおうかって思ってるとこだ」

加藤はあくび混じりに答えた。

「おひとりですか」

「いや……おい、北原。おまえ、先に署に帰れ」

やはり北原と組んでいたのだ。

「実は汐留庁舎に出勤して、織田さんの件をサイバー特捜隊で話し合ったんですけど……」

夏希はいままでに出てきた話を詳細に話して聞かせた。

「山中さんは冴《さ》えてるな。俺もそんな筋かもしれないとは思ってたんだ」

真剣な声で加藤は答えた。

「水谷店長と客の中江が逃げるかもしれないって山中さんは言ってます」

焦る気持ちを抑えながら夏希は言った。

「あり得るな。あの水谷って男、なんか臭いと思ってたんだ。かりに実行犯でないとしても本件に深く関わっている可能性はきわめて高い。五時に店が開くまで待ってられない。石田に水谷や中江の現住所を聞き出すよ。逮捕したからには供述録取書を取っているはずだからな。そのふたりは突破口だ。住まいにも押しかけるし、店が開く頃にもちろんまた訪ねてみる」

頼もしく加藤は請け合った。

「真田さん、ちょっといいですか」

歩み寄った山中が、手まねで電話を代わってくれという意思を伝えた。

「加藤さん、山中さんがお話ししたいそうです。おふたりの会話を聞きたいんで、スピーカーフォンにしていいですか？」

「かまわないよ。サイバー特捜隊に聞かれちゃマズい話はない」

加藤はちいさく笑った。

夏希はスピーカーフォンのボタンを押して、受話器を山中に渡した。

「お疲れさまです。サイバー特捜隊の山中と言います」

明るい声で山中は名乗った。

「どうも、加藤です。あの……真田から聞いた話じゃ、山中さんは千葉県警の捜査一課にいらしたとか」

「はい、あっちじゃ課長補佐でした」

「失礼しました。江の島署刑事課強行犯係の加藤清文巡査部長です」

加藤はかしこまった声を出している。警部という階級ばかりでなく山中が大ベテラン刑事だと知ったからだろう。

「まぁまぁ……いつもサイバー特捜隊を助けて頂いて本当に感謝しております」

山中はやわらかい声音で答えた。

「いやぁ、わたしは自分の職務をこなしていただけです」

照れたような加藤の声が聞こえてきた。

「わたし自身も加藤さんのお力には大変に期待しています。どうか織田隊長を助けてください」

受話器を手にしたまま、山中は頭を下げた。

「織田さんを助けたいっていうのは、あの人と仕事したみんなの願いでしょう。ま、そこにいる分析官ほどじゃないにしてもね」

低い声で加藤は笑った。

「加藤さんってば……」

恥ずかしさで夏希の耳は熱くなった。

「そうですね、真田さんは誰よりもつよく願っているでしょう。ところでさっき真田さんも話したと思いますが、この事案、どう考えても織田隊長がハメられたんですよ」

「わたしもそう思います」

山中の言葉に打てば響くように加藤は答えた。

「水谷と中江を調べることが急務だと考えているのです。加藤さんも同じ考えのようで嬉《うれ》しいです。防犯カメラの映像を入手できない現在、まさに突破口だと思います」

「今日は容赦しません。徹底的に締め上げてやります」

加藤の声には気迫がこもっていた。

「頼もしいです。ところで、加藤さん、今度一度飲みませんか」

山中は明るい声で誘った。

「ええ、ぜひ。織田さんの出所……じゃなかった釈放祝いをしましょう」

「一日も早く飲めることを願っています。では、どうぞよろしくお願いします」

ふたたび山中は頭を下げた。

「こちらこそ」

加藤が短く答えると、山中は受話器を夏希に渡した。

「加藤さん、わたしも勤務が終わったら合流したいんですが」

「合流できそうだったら、携帯に電話を入れる。じゃあな」

さっさと加藤は電話を切った。

「加藤さんとは気が合いそうだ」

山中はにこにこと笑った。

「さぁ、隊長の釈放祝いのためにできることはやっていこう」

横井は力のこもった声で言った。

犯人がサイバー特捜隊崩しを狙っているとしても大きな効果は出ないだろうと夏希は思った。

冷静さを失わない横井の存在は大きい。

五島と麻美は織田の事件に掛かりきりになるが、ほかの業務には大きな支障は出ないだろう。

夏希は少しだけ明るい気持ちになっていた。

## 【3】

そうこうしているうちに、午前一〇時が近づいた。

「一〇時のニュースで出ますかね」

山中がぽつりと言った。

「そうだな……」

憂うつそうに横井はテレビのリモコンを手に取った。

NHK総合テレビの午前一〇時のニュースは第一報に過ぎなかった。

記者会見の映像は流れず、キャスターが警察庁関東管区警察局サイバー特別捜査隊長の織田信和警視正が殺人の疑いで神奈川県警に逮捕されたと報じていた。

続けて、捜査中であり詳細な事実がわかり次第、記者会見で発表するとの警察庁の見解を伝えた。被害者の福原についても詳しい報道は為《な》されていなかった。

事件の詳細を報道できないからか、サイバー特捜隊の発足時の織田の映像や、過去の事件で報ぜられた姿が流れていた。

だが、時間の問題だ。やがてもっと大きな騒ぎになる。

ワイドショーなどは興味本位に織田のプライバシーを報ずるはずだ。

夏希はそんな番組を見たくはなかった。

横井はニュースについて、隊員たちに伝えなかった。

いつもの事件のようにSNSの反応を追うこともなかった。

当然のことだ。

当の横井も夏希たちもこの逮捕が誤りであることを信じているのだ。

庁舎内の混乱と士気の低下を避けることが、現在の横井の務めだ。

あたかも織田が長期出張しているかのように振る舞うべきだろう。

そう。遠からず織田はふだんの笑顔で帰ってくるのだ。

だが、夏希のこころにはぽっかりと空洞が開いたようになっていた。

「思ったよりおとなしいな」

テレビの画面を見ながら、不思議そうに横井は言った。

「警察庁が衝撃的な報道にしないように要請しているのかもしれませんね」

山中の言葉に横井は驚いたように答えた。

「いくら長官官房でもそんな報道のコントロールはできないだろう」

「だから、あとからもっと美味《お》しいエサをやるとか言って説得したとか」

「美味しいエサ？　いったい何のことだ？」

横井は驚いたように山中を見た。

「言ってみただけです」

山中は頭を掻《か》いた。

夏希は織田のブースを出て自分の席に戻った。

世界中で起きた事件や犯人側から送られたメッセージなどを、心理学的に分析するのが日常のおもな務めだ。ファクターの類似性などを把握するようしっかりと情報に向き合わなければならない。

日によっては逮捕されたクラッカーの性格分析をすることもある。

今日は特定の分野の専門家を標的としているクラッキング事件についての分析をしな

ければならなかった。

　合衆国でも多発していたが、大学教授ら学術関係者、シンクタンク研究員、報道関係者などを標的として、ターゲットのPCから情報を盗み出すサイバー攻撃が我が国でも増えてきている。とくに安全保障やエネルギー関連分野などに多い。警察当局への被害報告事例からクラッカーの姿を浮き彫りにしなくてはならない。

　だが、渡されているPCの資料に目を通していても少しも頭に入ってこない。

　これでは夏希は給料泥棒だ。

　気を引きしめて再度、PCの画面に見入る。

　だが、しばらく経つと資料の文面が追えなくなってしまう。

　そんなことを何度か繰り返しているうちにお昼近くなった。

　一二時のニュースを見たくなって、夏希は織田のブースに足を運んだ。

　さっきからそのままいたのかわからないが、横井と山中がソファに座っていた。

　すでにテレビはNHKを映し出していた。

「失礼します」

　夏希はひと言声をかけて、山中の隣に座って画面に見入った。

　キャスターの後ろに映し出された最初の映像は夏希が予想もしないものだった。

「えっ！」

　夏希は思わず絶句した。

山中も言葉を失った。

「そんな……」

横井の声は驚きに震えていた。

「あり得ない」

夏希は画面に見入った。

織田の続報ではなかった。

スーツ姿の三人の中年男が映っている。

キャプションには「神奈川県警不祥事続発。三人の警視が逮捕！」とある。

キャスターがしゃべり始めた。

夏希は報道内容に聞き入った。

三人とも一昨日《おととい》の夜のうちに起きた事件での逮捕だった。

第一事件は傷害事件だった。逮捕されたのは神奈川県警警視の市橋長治《いちはしながはる》警備課長である。

市橋課長は一昨夜の八時半頃、横浜市保土ケ谷《ほどがや》区内の自宅近辺を夜間にランニング中、ウォーキングしていた近所の老人とトラブルを起こし、相手を殴ってケガをさせたのだ。夜の八時頃から三〇分ほど自宅近くの市道などをランニングするのが市橋課長の日常の習慣だったそうだ。土曜日の夜は自宅から一キロほど離れた路上で、ひとりでウォーキングしていた六九歳の男性とぶつかってしまった。老人が「危ないじゃないか」と注意すると、市橋課長は逆ギレして「なんだと」と叫んで相手の両肩を突いた。老人は後ろへ転倒し、後頭部を打って大ケガをしたということだった。いきなり殴られたし暗くて相手の顔はよく見えなかったが、体格のよい男だったと証言している。市橋課長は体格がよい。倒れている老人を発見した通行人の通報により事件が発覚した。

第二事件は器物損壊事件だった。逮捕されたのは同じく神奈川県警警視の堅田《かただ》慶治《けいじ》公安第二課長だった。

堅田課長は、相鉄線かしわ台《だい》駅から自宅へ帰る途中、道路脇に設置してある自動販売機を何度も蹴《け》って筐体《きょうたい》を凹《へこ》ませ、樹脂部品の一部を破損させたのである。一昨夜の一〇時頃の犯行で、堅田課長は友人たちとの飲み会に参加して酒に酔っていたということだ。近くにいた通行人が破壊された自販機を見て、通報して事件が明らかとなった。

第三は窃盗事案である。逮捕されたのは神奈川県警警視の藤掛《ふじかけ》勝雄《かつお》警衛警護室副室長だった。

藤掛副室長は自宅のあるＪＲ横浜線鴨居《かもい》駅近くのスーパーマーケットで、買い物客の女性が購入した商品をエコバッグに移している際に、女性が整理台に置いたハンドバッグを盗んで何食わぬ顔をして逃走した。いわゆる置き引き事案だった。防犯カメラの映像によれば、一昨夜の七時半頃の犯行だ。

「神奈川県警はいったいどうなってるんだ」

横井は目を大きく見開いて憤慨《ふんがい》の声をあげた。

「大混乱ですよ。松平《まつだいら》本部長と本多《ほんだ》警備部長は生きた心地がしないでしょうな」

山中はちょっと嬉《うれ》しそうに言った。

不謹慎だとは思ったが、夏希もホッとしていた。

この三件の事件のおかげで織田の報道の扱われ方もいくぶんちいさくはなるだろう。

殺人に比べれば軽微とはいえ神奈川県警の幹部が立て続けに三人も逮捕されたのだ。

しかも、どれも破廉恥罪なうえに、国民にとって身近に感ずる下劣な犯罪ばかりだ。

国民の神奈川県警に対する不信感はどれほど大きなものとなっているだろう。

続けて出た画面に夏希の目は釘付《くぎづ》けになった。

三人は現行犯逮捕されたのではなかった。

それぞれの犯行現場を捕捉《ほそく》する場所に防犯カメラがあって、三人ともそのカメラの映像に犯行記録が残っていたのだ。カメラ映像を決定的証拠として県警は三幹部を逮捕したとテレビは伝えていた。

「山中さん、真田さん……」

横井は目を光らせて夏希たちを見た。

「同じ組織の犯行の可能性がありますな」

山中はしきりとうなっている。

「そうに決まってますよ。三人も犯人に仕立て上げられたんですよ」

夏希は言葉に力を込めた。

立ち上がった横井は、壁の固定電話のボタンを押して内線電話を掛けた。

「五島くん、織田隊長のブースにいる。ちょっとこっちに来てくれないか」

受話器を置いて横井がソファに戻ると、すぐに山中が口を開いた。

「もしかすると、長官官房の広報室は神奈川県警の三人逮捕の件をエサにして、織田隊長の報道を遅らせたんじゃないでしょうか。もっといい話をいち早く教えてやるから、織田隊長の報道は記者会見まで控えめにしろとかね」

冗談半分といった口調で山中は言った。

「まさかな……」

横井は相手にしていないようだ。

三人の報道に続けて、織田の事件も画面に映し出された。

ただ、内容は朝の報道と大差なかった。

警察庁が記者会見しない限り大きな変化はないようにも思われた。

山中の発言にはいくぶんかの真実が含まれているのかもしれない。

「しかし、三人の警視どのの事件、あまりにチンケな犯行ばかりですね。なんか街をうろついてるチンピラもどきの若僧がやりそうな犯行ばかりですね。警視の犯行としてはやっぱり不自然だよな」

疑わしげな表情で山中は言った。

佐竹や芳賀、上杉、小早川《こばやかわ》も警視だが、都道府県警本部では課長級以上、所轄では署長に就く地位だ。機動隊では三〇〇人くらいの警察官を率いるケースもある立場だ。

ノンキャリアの佐竹や芳賀は出世頭とも言える。

たしかに今回の事件は知性ある者の犯行とは思いにくい。

「警視、警視と繰り返すな。わたしだって警視だ」

横井は不愉快そうに言った。横井はキャリアだ。

「あ、こりゃ失礼」

山中は頭を掻《か》いた。

「だがな、警視の下劣な犯罪も少なくはないんだぞ。この三月には愛知県警の警視が盗撮目的で女子高生にスマホカメラを向けたとして、県の迷惑防止条例違反で逮捕されている。二〇一九年には山形県警の警視がデパートでカニ缶などを万引きして、窃盗罪で一般市民に逮捕されている。二〇一五年には近畿管区警察局に大阪府警から出向していた警視正が、電車内で若い女性の尻《しり》を触った痴漢行為で事情聴取されている。この件は被害女性との示談が成立して訴追されていない。二〇一三年には佐賀県警の警視が現金八万八〇〇〇円が入った財布を盗んだ容疑で停職処分を受けた。大阪府警と佐賀県警の事例では、逮捕されなかったことで『身内に甘い』と非難を浴びた。ほかにもいくらでもあるが、このくらいにしておこう」

苦い顔で横井は話を収めた。

夏希は驚いた。警視ともあろう者がそんな犯罪をするとは……。

「山形の一件は、カニで一杯やりたかったんですかねぇ。わたしにゃ考えられないなぁ」

山中は嘆くように言った。

次のニュースに移ってすぐに五島はやってきた。

「神奈川県警警備部の三人の課長級の幹部が一昨夜の犯行で逮捕された。傷害、器物損壊、窃盗容疑だ」

横井は表情を変えずに伝えた。

「あら……そりゃ大変」

五島は目を白黒させた。

庁舎内にはこのブースしかテレビは設置されていない。当然ながら、五島はテレビを見ていなかったはずだ。

「犯行現場にはすべて防犯カメラが設置されている。逮捕はその三台のカメラに犯行時の映像が残っていたことを理由としている」

横井は快活な声で告げた。

「なんですって！」

五島は素《す》っ頓狂《とんきよう》な声を上げた。

「まぁ座ってくれ」

横井は自分の隣を右手で指し示した。

うなずくと、五島は横井の隣に座った。

「これ、織田隊長の事件と同じ連中の犯行ですよ。またしてもフェイク動画によるものに違いありません」

五島は言葉に力を込めた。

「わたしもそう思う。山中さんと真田さんも同意見だ」

はっきりとした声で横井は言った。

「実は織田隊長の逃走を記録したという東神奈川駅近くの個人商店の防犯カメラ所有者に許可を得て、あちらのコントロールサーバーに入らせて頂きました。酒屋さんなんですよ。管理しているのは《アソテックジャパン》という中規模のトータルソリューションプロバイダーでした。そしたら、なんとクラッキングの痕跡《こんせき》が見つかりましたよ」

五島は快心の笑みを浮かべた。

「本当か」

横井は身を乗り出した。

「はい、最終的にはアイスランドのサーバーから侵入したようです。ですが、クラッカーがどこの地域にいるのかは、まだ突き止められていません。そちらの防犯カメラ映像を頂きたかったんですけど、先走りして織田隊長に迷惑を掛けちゃまずいですよね。副隊長のお許しを頂こうかと思っていたところです」

誇らしげな声で五島は言った。

「すごい……」

夏希は五島の顔を見てつぶやいた。

これは大変な功績だ。

いままで織田の事件を調べてきた誰もが、推察の材料を集めることしかできなかった。

しかし五島はサーバーへの侵入の痕跡を発見したのだ。

織田が何者かに陥れられたということが、推理推論ではなく、事実であることが証明されたのだ。

「五島さん、大手柄じゃないですか」

震える声で夏希は言った。

「いやぁ恐縮です。いつもよりは容易な仕事でしたよ」

照れ笑いを浮かべて五島は答えた。

夏希の身体を喜びが駆け巡った。

「よくやった。やはり織田隊長の一件にはクラッカーが介在していることが証明された。捜査は大きく進展したんだ」

横井も五島を手放しに褒めた。

「恐れ入ります。では、そのカメラ映像を提供してもらうように所有者に依頼しましょう」

五島の声は弾んだが、横井は首を横に振った。

「その映像も大切だが、織田隊長が犯行後、駅に向かったという事実を覆すことしかできない。なによりも犯行そのものを裏づけている瑞穂大橋の防犯カメラ映像を入手したい。これがフェイク動画ならば、それが証明できた時点で織田隊長は釈放可能となる」

「それはそうですが……瑞穂大橋の映像は神奈川県警だけが持っているんですよね」

気弱な声で五島は言った。

「神奈川県警から入手するために我々がやらなければならないことがある」

横井はきっぱりと言い切った。

「僕になにかできることがありますか」

横井の目を見て五島は尋ねた。

「五島くんの防犯カメラ説を神奈川県警の幹部に説明してほしいんだ。警備部長や刑事部長などが相手だ。三人の警視が犯人に仕立てあげられたという話を彼らに説くんだ。織田隊長も同じ手口でやられたと理解させよう。もちろんわたしも同席して一緒に彼らを説得する。それで刑事部が持っている織田隊長の映像を入手したいんだよ」

横井は熱っぽい調子で言った。

「わかりました。そんな偉い人たちと話したことはありませんが、なんとか頑張ります」

頬をうっすらと赤らめて五島は言った。

「さて、神奈川県警のどこにアクセスすればいいかな……」

思案顔で横井は言った。

「副隊長、わたし……神奈川県警の黒田刑事部長の携帯番号を知っています」

夏希は静かに言った。

「えっ！　なぜだ！」

横井は飛び上がらんばかりにして驚いた。

「ある事件で教えて頂いたのです」

あのみなとみらいでの作戦会議のときに、黒田刑事部長から夏希の携帯に直接電話が掛かってきた。

「信じられん話だな」

山中が目をまるくしている。

「掛けるだけ掛けてみてくれるか」

遠慮深い口調で横井は頼んだ。

いくら番号を知っていたとしても、本来ならば夏希が電話できるような相手ではない。しかし、いまは織田の命運が掛かっている。また、黒田刑事部長ならきっと話を聞いてくれるに違いない。

「了解しました」

夏希はアドレス帳から黒田刑事部長の携帯番号を見つけ出すと固定電話から掛けた。

「はい、黒田です」
五、六回コールすると、耳触りのよい声が耳もとで響いた。
「警察庁サイバー特捜隊の真田でございます。お電話など致しまして申し訳ございません」

「真田か、先日はご苦労さま」

おだやかに黒田刑事部長は答えた。

「いえ、大変お世話になりました。ところで、織田隊長の逮捕報道が出ました」

夏希はなるべく冷静な声を保つように努めた。

「ああ、とうとう報道されたな」

黒田刑事部長は暗い声で答えた。

「さらに三人の県警幹部の逮捕も報道されましたね」

ゆっくりと夏希は続けた。

「それでちょっと忙しくてな。悪いが、また明日《あした》にでも電話をくれないか」

いくらかいらだったような黒田刑事部長の声が響いた。

「実は四人ともえん罪の可能性があります」

思い切って夏希は結論から言ってみた。

「いったいどういうことだ」

黒田刑事部長の声がうわずった。

夏希の言葉を信用した証拠だ。

「証拠の真正性に疑義が出ています。サイバー特捜隊のメンバーでご説明に上がりたいんですが……」

遠慮深くではあるが、夏希は電話した目的をはっきりと告げた。

「最優先で聞かなければならない話のようだな」

いくらかやわらいだ黒田刑事部長の答えが返ってきた。

「そう思って頂いてありがたいです。はい、急いでお伝えしたい内容です」

夏希はきっぱりと言った。

「一時半に刑事部長室に来てくれるか。刑総課長に君たちと会えるように手配させる」

黒田刑事部長は会ってくれる。

夏希のこころは躍った。

「ありがとうございます。どうぞよろしくお願いします」

丁重に礼を言って夏希は受話器を置いた。

「会ってくださるのか……」

驚きの目で横井は夏希を見た。

「はい、一時半に刑事部長室を訪ねるよう言われました」

夏希の声には喜びがにじみ出た。

「よかった！　話が一挙に進む可能性が出てきた」

横井の瞳《ひとみ》は明るく光っている。

「さすがだね、先生。みんなに信頼されてんだねぇ」

山中はしきりとうなずいている。

「なんか、僕にはわからない世界のような気が……」

五島は目を瞬《しばた》いて夏希を見ていた。

急に食欲が出てきた。腹が減っては戦はできぬ。

夏希はブースに戻って籠城《ろうじょう》用に買ってあるカップ麺《めん》を食べてから出かけることにした。

とにかく前に進まなければならない。７号室に置いてある電気ケトルに水を注ぎながら、夏希はあらためて覚悟を決めた。

こちらでの進捗《しんちょく》状況を報告しようと加藤に電話を入れたが通じなかった。

動き回ってくれているのだろうか。

そうだとしたら、ほんとうにありがたい。

もうもうと湯気が出ているケトルを眺めながら、夏希は加藤に感謝していた。

# 第三章　証　拠

## 【1】

刑事部長室の窓からは横浜港最奥部の水面《みなも》の反射と赤レンガ方向の街並みが見えている。

夏希が神奈川県警を離れてまだそれほどの時間が経ったわけではない。

それにこの部屋に入るのは初めてのことだ。

だが、この景色はひどくなつかしく感じた。

「そこへ掛けなさい」

やわらかい声音で黒田刑事部長は言った。

少し長い髪がよく似合っている。若手の大学教授を思わせる顔にあたたかな笑みを浮かべていた。

夏希、横井、五島の三人は礼を言って入口側のソファに座った。

三人ともスーツに身を包んでいる。

サイバー特捜隊のものよりはるかに立派な革張りの黒いソファだった。

デスクのある海側を背にして黒田刑事部長が座ると、夏希たちはいっせいに頭を下げた。

神奈川県警刑事部のトップである黒田刑事部長は、京都大卒のバリバリのキャリア警視長だ。神奈川県警に心理分析官を置くことに尽力した人物でもある。そのおかげで夏希は採用された。

事件を解決するなかで、夏希は何度も黒田刑事部長のもとで働いた。彼がどんなにすぐれた人物かをよく知っている。

「警察庁サイバー特捜隊副隊長の横井でございます」

横井は恭敬な態度で名乗った。

「同じく主任の五島と申します」

五島はガチガチに全身をこわばらせている。

「黒田部長、お忙しいところありがとうございます」

温厚な人柄を知っている夏希は、いつもと同じようにあいさつした。

「いや、気を遣わなくてよい。聞かねばならない話があるのだろう。ところで、君たちはサイバー犯罪の専門家なのかね」

黒田刑事部長は横井と五島に顔を向けて尋ねた。

「わたしはもともと織田隊長の部下でした。隊長の四期下になります」

平らかな調子で横井は答えた。

「君はやはりキャリアか」

黒田刑事部長は納得したようにうなずいた。

「はい、そうです。五島はＩＴエンジニア出身で、真田と同じ特別捜査官枠での採用です。彼はたしかなＩＴ技術を持っております。五月のインフラ乗っ取り事件の解決にも大変に寄与しました」

横井は五島を大いに持ち上げて紹介した。もちろん横井が話したことは事実だ。

「おお、それは頼りになる」

黒田刑事部長は五島の顔をじっと見た。

「いえ、あの事件では犯人の方が上手《うわて》でした」

五島は少し悔しげに答えた。

「謙遜《けんそん》しなくともよい。それよりも今回の事件についてサイバー特捜隊で検討した結果を話してくれ」

黒田刑事部長はゆったりとした口調で促した。

「五島から説明させます」

横井の言葉に黒田刑事部長はかるくあごを引いた。

「織田隊長の事件と三人の神奈川県警幹部の事件なのですが、えん罪というか誤認逮捕である可能性がきわめて高いのです」

身体をこわばらせたまま、五島は答えた。

「証拠の真正性に疑義があるそうだね」

ゆったりとした声音で黒田刑事部長は言った。

「はい、証拠となっている防犯カメラ映像自体がねつ造されたと考えられます」

五島はずばりと本題を突きつけた。

「なんだって」

黒田刑事部長は目を大きく見開いた。

「ディープフェイク動画というものをご存じでしょうか」

五島は黒田刑事部長の顔を見て尋ねた。

「あまり詳しくは知らんが、ゼレンスキー大統領のフェイク動画が騒ぎになっていたな」

おぼつかなげに黒田刑事部長は答えた。

「はい、あの動画をはじめウクライナ・ロシア関係では、フェイク動画や静止画像はかなりたくさん作られています。ディープフェイク動画はもはや、ITに関する専門的知識を持たない者でも比較的容易に作ることができるようになりました……」

五島は夏希や横井にしたのと同じような説明をした。

黒田刑事部長は真剣な顔つきで五島の話を聞いている。

「ちょっとこれをご覧頂きたいのですが」

スマホを取り出して、五島はテーブルの上に置いた。

白黒画面で若々しいオードリー・ヘプバーンがにこやかに微笑んでしゃべり始めた。

——五島さん、わたしをこんな動画に使わないで、ニセ動画に出演するなんてまっぴらよ
最後にオードリー・ヘプバーンは舌を出して、あっかんべーの表情を作って動画は終わった。

「これは……」

黒田刑事部長は言葉を失った。

夏希が見たものとは別の動画だった。五島自身の表情をオードリー・ヘプバーンに置き換えたものなのだろう。

「無料でダウンロードできるふたつのソフトを用いて、汐留から横浜に来るクルマのなかで作ったものです。ある女性声優のフリーの声をサンプリングした音声からセリフを作っています。フェイク動画をご理解頂こうとして作ったのですが、ちょっと雑になってしまいました。よく見ると、口もとの動きとセリフがズレています」

いつの間にか五島の話し方はずいぶんなめらかになっている。

「なんということだ」

黒田刑事部長の額にわずかに汗がにじみ出ている。

「PCで本格的なソフトウェアを用い時間を掛ければ、もっとはるかに精緻《せいち》なフェイク動画を作成できます」

五島の言葉には確たる自信が感じられた。

「知らなかった。フェイク動画がそんなに簡単に作れるなどとは……」

首を横に振って黒田刑事部長は驚きの声を発した。

「想像ですが、県警では瑞穂大橋の事件における動画解析で、目、鼻、耳、輪郭などの複数の部位を確認して、織田隊長との同一性の判定をなさっただけなのではないでしょうか」

やんわりと五島は尋ねた。

「その通りだと思う」

冴《さ》えない表情で黒田刑事部長はうなずいた。

「それはレベル判定型の一般的な画像解析と言います。フェイクかどうかの解析には別の方法が必要となります。フェイク動画かどうかをチェックする専門の事業者さえ存在しています」

「そうなのか」

黒田刑事部長はのどの奥でうなった。

「逮捕された神奈川県警警備部の三人の幹部の方は、防犯カメラの映像を証拠として通常逮捕されたのですよね？」

「そうだ。目撃者はいない。現場を捕捉《ほそく》している防犯カメラに、実際の犯行を記録した映像が残っていたんだ。各所轄は逮捕せざるを得ないだろう」

黒田刑事部長は眉間《みけん》にしわを寄せた。

「逮捕された方々は犯行を認めているのですか。織田隊長を含めて」

五島の問いに黒田刑事部長は迷いなく答えた。

「すべて否認事件だ」

すでに五島を信用しているように見える。

「やはり……。皆さま、身に覚えのない犯行だと言っていらっしゃるのですよ。たとえば、自宅近くで逮捕された方など、防犯カメラの設置を知っている場合もあると思います。そんな場所で犯行を実行するでしょうか」

わずかに皮肉な調子で五島は言った。

「そうか……たしかに取調の際に、そのようなことを弁解していた者もいると聞いている」

黒田刑事部長は乾いた声で言った。

「もうひとつ重要な問題について申しあげます」

五島は背筋を伸ばした。

「話してくれ」

身を乗り出して黒田刑事部長は請うた。

「織田隊長の事件については犯人が殺された福原さんの静止画を入手し、これを元にして実写アニメーションを作成したと思われます。一方、市橋課長の事件で殴られた老人の場合には、当該防犯カメラの映像から真犯人を消去して課長のアニメーションを合成したと考えられます。先ほど申しましたように、これらのフェイク動画を作成することはそれほど難しいことではありません。数年前に製造された防犯カメラの場合はなおのこと容易です。おおむね二〇一五年より前に製造された防犯カメラは解像度が格段に低いのです。今回の事件で証拠となったものは、いずれもハイビジョンやフルハイビジョンといった新しい規格のカメラ映像ではありませんでした。瑞穂大橋のカメラも四〇万画素程度の解像度と思われます。現在、市中に最も多く出回っているタイプです」

「神奈川県警はいつも予算が足りない。一度設置した防犯カメラは、しばらく使い続けなければならないからな」

黒田刑事部長は苦い顔で言った。

「しかし、そうして作成した動画を防犯カメラの映像に潜り込ませることは大変に困難な課題です。少なくとも犯行に使われた防犯カメラから無人の動画を吸い上げて背景動画とし、さらに別に作ったフェイク動画のレイヤーを重ねた動画を作成する必要があります。最終的には作成した合成動画を希望通りの時間に埋め込まなければなりません。

こうして完成した防犯カメラの映像で、犯罪の証拠をでっち上げることができます。ですが、そのためには報告されている六機の防犯カメラのコントロールサーバーに侵入することが必要です。とくに織田隊長のケースでは神奈川県警が管理しているサーバーがクラッキングされたわけです。相当に高度なクラッキング技術を持った者の犯行としか考えられません。サイバー犯罪に手慣れた者の犯行と思われます」

五島は立て板に水の調子で説明した。

「なるほど、その通りだ」

「実は、織田隊長の逃走を記録したという東神奈川駅近くの防犯カメラの所有者に許可を得て、あちらのコントロールサーバーに入りました。サーバーからは明確なクラッキングの痕跡《こんせき》を発見することができました」

張りのある声で五島は告げた。

「本当かね！」

黒田刑事部長は喜びの声を上げて言葉を継いだ。

「君たちの主張が単なる推理ではないことがはっきりしたじゃないか」

「はい、仰せの通りです。このサーバーについては現在も分析を続けておりますが、織田隊長の事件にサイバー犯罪者が関与していることは確実です」

五島は気負わずに淡々と言った。

「五島くんの説明ですべての事件の真相が見えてきたような気がする。市橋警備課長とは面識があるが、老人を殴りつけるような人間ではない。彼は公安出身で、理知的で冷静な男だ。おまけに事件当時、市橋課長は酒も飲んでいなかったのだ。不可解だとは思っていたのだが、保土ケ谷署は逮捕せざるを得なかった。現在は、警察官の重大な犯行を隠蔽《いんぺい》するなど不可能な話だからな。傷害など隠蔽したら大変なことになる。いずれにしても、同じ県警の人間を逮捕しなければならないことほどつらく苦しいことはない」

黒田刑事部長は言葉通り悲しげに目を伏せた。

「発言してもよろしいでしょうか」

夏希は黒田刑事部長の顔を見ながら願い出た。

「あたりまえだよ、話したいことがあったらなんでも言ってくれ」

黒田刑事部長はやわらかい声で許した。

「わたしは織田隊長のことは、あの方が警備局理事官だった頃から存じ上げています。部長も織田隊長のお人柄をよくご存じでいらっしゃいますよね」

夏希の言葉に黒田刑事部長はしっかりあごを引いた。

「真田くんより前からわたしは織田くんを知っている。彼は捜査本部に出向くどころか現場にさえ積極的に出ていく希有《けう》なキャリアだった」

「いま、黒田部長は市橋警備課長のことを、老人を殴りつけるような人間ではないとおっしゃいました。織田隊長も誰かを殺すような人間ではありません」

自分の声が部屋じゅうに響き渡るのを感じて夏希は少し恥ずかしくなった。

　またも熱くなりすぎてしまった。

「わたしだってそう思っているよ。福島一課長も同じ考えだ。わたしも福島さんも織田くんとは何度も一緒の事件に立ち向かってきた。真田くんはよく知っているだろう。彼こそまさに理知的で冷静な男だ。ケンカをして高校の同級生を殴り殺すなどあり得ない話だと思っている。だが、今回ははっきりした物証が出てしまった。しかもそれを裏づけるような人証も出た。さらに彼の弁解で帰宅に使ったというタクシーは存在しない。我々は織田くんを逮捕せざるを得ないだろう」

　言い訳するような口調で黒田刑事部長は言った。

「いちばんの証拠が崩れてきたのです。どうか、織田隊長の釈放に動いてください」

　夏希は深々と頭を下げた。

「わかっている。だがね、一度逮捕した者を釈放するためには、きちんとした証拠が必要だ。まずは防犯カメラの映像を解析しなくてはならない」

　しっかりとした声音で黒田刑事部長はきっぱりと言い切った。

「あの……証拠映像、うちにもコピー頂けないでしょうか」

　五島は身を乗り出した。

「サイバー特捜隊で画像解析が可能なのかね？」

　黒田刑事部長の問いに五島はちいさく首を横に振った。

「僕たちは画像についてはそれほどのノウハウを持っていません。ですので提携している研究機関に解析させたいと思うのですが……」

「いや、サイバー特捜隊から外部に出すのはダメだ。ここは慎重にいきたい。織田くんの誤認逮捕が発表できるとしても、それはそれで警察機構にとって大きな負担なんだ」

厳しい声で黒田刑事部長は言った。

彼の考えというよりは、警察幹部全体の感覚なのだろう。

殺人容疑の誤認逮捕は神奈川県警にとって大ポカだ。警察の威信に傷をつけることは間違いがない。

警察組織の威信を守ることは、かつての織田の最優先の行動規範だった。

「織田くんと警備部の三人の逮捕者の映像は、科捜研で徹底的に解析する。無理なら科警研に送る。ねつ造だという事実は必ず証明できる」

黒田刑事部長の声は自信にあふれていた。

神奈川県警の科捜研は、つい先頃まで夏希が所属していた機関である。

画像解析ももちろん可能だ。だが、フェイク動画解析についてどの程度のノウハウを持っているかは専門外である夏希にはわからない。

千葉県柏《かしわ》市にある科警研……科学警察研究所は警察庁の付属機関である。証拠物等の科学的鑑識・検査については日本一の技術を有している。また、全国の大学との研究連携もさかんに行われている。

「無理ですか……」

五島は肩をすぼめた。

「外へ出さないのであればコピーは手配しよう」

表情をやわらげて黒田刑事部長は言った。

いずれにしても織田の釈放に向けて話は進み始めた。

夏希のこころには明るい光が射し込み始めた。

黒田刑事部長は自分のデスクに戻って固定電話の受話器を取った。

「ああ福島さん、戻っていてよかった。実は織田くんの証拠映像がフェイク動画である可能性が高くなってきた。つまり誤認逮捕の可能性が出てきたんだよ」

相手は福島捜査一課長だ。福島がなにか言っている。

「詳しいことはあとで直接話す。至急、あの映像を特捜本部から科捜研に回してほしいんだ。それで、フェイク動画かそうでないかの解析を特急で行ってほしい。結果が出た場合も解析が困難と判断したときも、わたしにすぐに直接連絡するように山内《やまうち》所長に伝えてくれ。それから、コピーをひとつ警察庁サイバー特捜隊の横井副隊長あてに送ってくれ。警察庁に送ることは内密に頼む。じゃあ、よろしくお願いします」

電話を切った黒田刑事部長はソファに戻ってきた。

「ありがとうございます」

夏希たち三人はいっせいに頭を下げた。

「期待通りの成果が出ることを信じてるよ」

やわらかい笑みを浮かべて黒田刑事部長は言った。

「しかし、いったい何者が、こんな卑劣なことを企《たくら》んだのだろうか」

黒田刑事部長は、まっすぐに五島を見た。

「捜査については素人なので、横井副隊長からそのあたりについてのお話をします」

五島は横井に話を振った。

「わたしも現場では知能犯についての捜査に携わったことしかありません。強行犯の経験がないので明確なことは申しあげられませんが、我々は組織的な犯行だと考えております」

横井は慎重な口ぶりで答えた。

「反社勢力などが関わっているのかね」

黒田刑事部長は眉間《みけん》にしわを寄せた。

「完全に否定はできませんが、犯行の態様などから暴力団等のしわざとは考えにくいです。現時点では何者かを予想することもできていないのが実情です。織田隊長を陥れた者と、神奈川県警の三人の幹部を逮捕させた者は、手口から見て同一犯の可能性が高いと思います。ただ、その動機についても特定することはできておりません」

横井はきっぱりと言った。

「なるほど……」

「ここからはわたしの推察に過ぎないのですが、もしこの四つの事件が同じ動機によるものだとすれば、なんらかの組織による大きな犯行のための準備であるような気がするのです。織田隊長あるいはサイバー特捜隊と神奈川県警警備部の双方が機能不全に陥ることによってメリットのある組織を考える必要があると思います」

重々しい調子で横井は言った。

「テロリストということも考えられるな」

黒田刑事部長はまたも眉間にしわを刻んだ。

「警備部がターゲットという点からも否定できません」

横井は厳しい顔つきで答えた。

「いずれにしても、この四事件の背景にあるものを浮き彫りにしなければならない。これは我が神奈川県警の第一の責務だ」

黒田刑事部長は毅然《きぜん》とした表情で言い放った。

「よろしくお願いします。サイバー特捜隊はサイバー犯罪に対する責務がありますので……」

横井は気弱な表情を見せた。

「君たちは動かなくてよい。本来の職務をまっとうしなさい」

諭すような口調で黒田刑事部長は言った。

「わかりました。神奈川県警のお力に期待しております」

かるく頭を下げて横井は言った。

そのとき夏希のスマホが振動した。

ディスプレイには加藤の名前が表示されている。

「事件関係の連絡です」

加藤はなにかをつかんだのだ。できればいま聞きたかった。

「電話に出てみなさい」

鷹揚《おうよう》な調子で黒田刑事部長は許可した。

「ちょっと失礼します」

夏希はスマホを持って小走りに廊下に出た。

「加藤さん、お電話もらってましたか？」

それまで着信に気づいていなかったかもしれない。

「ヤバいぞ、この事案」

夏希の問いに答えず、いきなり加藤は不穏なことを口にした。

「どうしたんです？」

「あの水谷って男、ありゃあニセモノなんだ」

加藤の声が夏希の耳につよく響いた。

「え、え？　どういうことですか」

一瞬、夏希には意味がわからなかった。

「石田に無理言って、特捜本部が持っている供述調書に記載された水谷の住所を聞き出した。水谷の住所は、あの瑞穂大橋の向こうにあるコットンハーバーに建つマンションになっていた。神奈川区橋本町さ。相方の北原を脅しつけて江の島署《ち》の聞き込みを抜け出してさ、水谷の自宅に行ってみたんだよ。そしたら、三〇代半ばの女性が住んでてね。俺たちが会ったあの店長の奥さんかと思ったらまるで違うんだ。ホンモノの水谷さんは商社員で、いまはニューヨークに単身赴任している。旦那《だんな》さんの写真を見せてもらったらまったくの別人だ」

加藤の声は興奮気味だった。

「それっていったいどういうことですか」

夏希の舌はもつれた。

「つまりさ、俺たちが会った水谷はニセモノで、ホンモノの水谷さんの名前を冒用してたんだ。一種の背乗《はいの》りだな。特捜本部では目撃証言取るときに運転免許証のコピーかなんかもらっているだろうけど、どうせそいつも偽造免許だよ。あの水谷がニセモノである以上、もちろん証言も嘘八百だ。客の中江ってのも同腹さ。すべてはインチキなんだよ」

「そうだったんですか！」

叫び声が出て、夏希は口を押さえた。

「織田さんのシロは確定だ。ただ、証拠映像がある限りは特捜本部は織田さんを釈放しないだろうな」

悔しさのにじむ加藤の声だった。

「加藤さん、それも崩れ始めてるんですよ」

夏希は弾んだ声で答えた。

「ほんとうか」

さすがの加藤も声をうわずらせた。

「はい、実はいまサイバー特捜隊で黒田刑事部長をお訪ねしてるんですけど……」

夏希は今朝の電話の後の経緯をかいつまんで話した。

「そうか、映像解析がすみ次第、織田さんは堂々自由の身だな」

加藤の声には喜びがあふれていた。

「はい、サイバー特捜隊もふだんの姿を取り戻せます」

晴れ晴れしい声で夏希は答えた。

「テレビで織田さんの報道見たけど、もうすぐ終わりだな」

「見ましたか」

「さっき昼飯食ってるときに見た。意外に控えめなんで驚いたが、これからワイドショーなんかも取り上げて騒ぎがでかくなるなって心配してたんだ。だが、あとしばらくの辛抱だな」

「ええ、あとは時間の問題だと思っています」

「本当によかった。だがな……」

急に加藤の声は沈んだ。

「どうしたんですか」

不思議に思って夏希は訊《き》いた。

「これすごくヤバい臭いがするんだよ」

加藤は声をひそめた。

「県警の三人が逮捕されたことと関係がありますよね」

夏希の問いに加藤は即答した。

「ああ、そうだ。そいつもテレビで見た。九九パーセント同じ連中の仕業だ。となると、警察を混乱させようとしているとしか思えない。いったいなにを目的としているのか俺にはつかめないが」

「こちらではテロの疑いも視野に入れてます」

「警備部が狙われているからには、その可能性は高い。だが、なにを標的にしているのかが、いくら考えてもわからない。この先、いったいどんな事態が待ち構えているのか心配だ」

加藤の声は曇った。

「黒田刑事部長が、背景にあるものを明らかにするのが神奈川県警の第一の責務だとおっしゃっています」

「親玉がそう言ってくれていれば安心だ」

「加藤さんが動いてくださっていること、刑事部長にお伝えしていいですか」

「うへっ……いま俺が勝手に抜け出してることを署長に報告されたら厳重処分だぞ」

「ダメですか」

夏希としては加藤にはもっと自由に動いてほしいのだ。

「だが、あの人なら大丈夫だろう」

加藤も黒田刑事部長が本部長を務める捜査本部に何度も参加している。

その人となりはある程度知っているに違いない。

「大丈夫だと思います」

嬉《うれ》しくなって夏希は元気よく答えた。

「じゃあまた進展があったら電話する」

「わたしもなにかわかったらすぐに連絡します」

加藤は電話を切った。

部屋に戻った夏希は立ったまま口を開いた。

「失礼致しました。江の島署刑事課の加藤巡査部長からの事件に関する連絡でした」

「江の島署だって？」

黒田刑事部長はけげんな顔で夏希を見た。

「織田隊長の事件が発生したときに、誤認逮捕と信じたわたしが解決に向かうように協力をお願いしたのです。昨日の午後はふたりで神奈川区の現場をいろいろ調べました」

夏希は事実をそのまま告げた。

「その加藤くんは、今日は明け番かなにかかね？」

加藤が休日かと聞かれて夏希はドキッとした。

「申し訳ありません。聞き込み中にこちらの捜査を手伝ってくださったのです。すべてはわたしの責任です。どうかこのことは江の島署にはご内密にお願いしたいのです」

熱を込めて夏希は言った。

「なるほど……とにかく話の続きを聞かせてくれ」

黒田刑事部長は表情を変えずに先を促した。

「はい、織田隊長の事件で証言している、現場付近のバー《オージーヒート》の店長がニセモノであることがわかりました」

夏希の言葉を聞いて横井と五島は大きく目を見開いた。

「意味がわからんが」

黒田刑事部長は首を傾げた。

「詳しくお話しします」

意気込んで夏希は口を開いた。

「まぁ、座んなさい」

黒田刑事部長が手招きしたので、夏希はソファに戻った。

「加藤さんは供述調書に記載された水谷正俊の住所地を訪ねました……」

怖いような目つきで夏希の話を聞いていた黒田刑事部長は、大きくうなって背筋を伸ばした。

「やはり、テロの可能性が濃厚だ。本多警備部長に話をしなければならない。それ以前に、神奈川署の特捜本部をもう一度スタートラインに戻す必要がある。サイバー特捜隊はクラッキングの方面からテロ組織に迫ってくれ」

黒田刑事部長の声にはつよいエネルギーが感じられた。

「よろしくお願いします。我々もネット上から犯人に迫ります」

サイバー特捜隊を代表するように横井が答えた。

「頼んだぞ。なにかあったらこのアドレスにメールをしてくれ」

黒田刑事部長は一枚の名刺を横井に渡した。

「ありがとうございます。こちらへはサイバー特捜隊の本庁舎へご連絡頂ければ、すぐにわたしのところに届きます」

横井も自分の名刺を渡した。

夏希たちの名刺にはさいたま新都心にある本庁舎の電話番号や住所が記入してある。汐留庁舎の存在は警察庁の一部部局のほかには都道府県警にすら知らせていない。

「あの……加藤さんについては」

不安いっぱいに夏希は尋ねた。

「そうだな、江の島署の聞き込みをサボった処分を考えないとな」

眉間《みけん》にしわを寄せて黒田刑事部長は言った。

「そんな……」

夏希は言葉を失った。

「加藤巡査部長には神奈川署の特捜本部に参加してもらう。それまでは、特命で先行捜査を続けてもらおう。その旨、わたしから江の島署長に電話を入れとくよ」

黒田刑事部長はにやっと笑った。

「ありがとうございます」

やはり黒田刑事部長は、夏希の考えていたとおりの人物だった。

「さぁ、織田くんや三人の警視の釈放にテロ対策と、忙しくなってきた。君たちもサイバー特捜隊に戻って職務を遂行してくれ」

黒田刑事部長の言葉を汐《しお》に、夏希たち三人は篤《あつ》く礼を言って刑事部長室を退出した。

一階に下るエレベーターのなかで夏希は踊り出したい気分だった。


【2】


夏希たちはそのまま公用車で汐留庁舎に戻った。

庁舎に戻ると横井にはたくさんの伝言が残っていた。

さいたま新都心の本庁舎の広報担当者からだった。

「マスコミの問い合わせが引きも切らないようだ。どう返事していいかを聞いてきている。担当者には気の毒だが、もう少しガマンしてもらおう」

横井はちいさく笑った。

五島はさっそく映像解析に取り組んでいる。

夏希は午前中に少しも進まなかった資料に目を通し始めた。

不思議なほどはかどる。夏希は水性ボールペンでノートにメモをとり続けた。

デスクに置いたフィカス・プミラの緑さえ輝いて見えた。

まだまだ予断は許されないが、午前中とはなにもかもが違って見える。

織田が釈放されることはもちろんだが、それ以上に夏希のこころを解放しているのは、彼が夏希が思っていたとおりの人間だとはっきりしたことだ。

信じてはいたが、わずかなシミのような疑いが夏希を苦しめていた。

疑いを抱く自分自身への嫌悪がつらかったのだ。

机上の電話が鳴った。

「真田さん、ちょっと織田さんのブースに来てくださいませんか」

五島の明るい声が耳もとで響いた。

「いま行きます」

受話器を置いて夏希は小走りに織田のブースに向かった。

横井と山中、五島がソファに座ってノートPCを囲んでいた。

「間違いありませんでしたよ。織田隊長の動画はタイムラインの途中に挿入されていました」

五島は自信たっぷりに言った。

「わたしゃ驚いたね。こりゃあ気づかないわ」

山中は夏希の顔を見て嘆くような声を出した。

すでに山中たちは見ているようだ。

夏希は五島の隣に座った。

「数値データではすぐに画像の不自然さがわかったんですが、やはり可視的な方法で説明しないと神奈川県警を説得できないと思いましてね」

いささか得意げに五島は言った。

「では再生します」

五島はワイヤレスマウスに手を伸ばした。

夏希ののどは鳴った。

PCの液晶画面に瑞穂大橋のあの場所が映っている。

運河向こうの倉庫群は暗く沈んでいるが、橋上は街灯のおかげで意外に明るい。

かなりの広角映像だし解像度は決して高くはないが、夏希が思っていたよりもきれいな動画だった。

画面の右端から福原、織田の順でゆっくりと現れた。

高所からの撮影ではあるが、通行人の顔は確認できる。
そう……横顔だが夏希の目から見ても織田とはっきりわかる。
ふたりは画面のやや左側で向かい合うような姿勢になった。
続けてお互い怒鳴り合うような仕草を見せた。
福原はぷいっと身体を翻して橋本町の方向に歩き始めた。
織田は地面に落ちていた棒状のものを拾った。
福原は気づかずにそのまま橋を渡ろうと歩いている。
小走りに追いかけた織田は、棒状のものを福原の後頭部に振り下ろした。
何の弾みか、福原は橋の柵《さく》に上半身をもたれかけさせて倒れた。
織田は福原の背中に手を掛けて福原の身体を運河へと落とした。
福原の身体は柵の上部を軸とするように前のめりに運河へと消えた。
織田は凶器を運河に投げ捨て、踵《きびす》を返すと千若町二丁目方向に消えた。
この映像はショックだった。
心臓がドキドキ鳴っている。
しかしこの映像はフェイクだ。
目の前に見えている惨劇は事実ではないのだ。
「先生、顔色が悪いね。平気ですか」
山中が気遣うほど血の気を失っていたのだろう。

「大丈夫です。ちょっとショックだっただけです」

恥ずかしさに夏希はうつむいて答えた。

「画面もそんなに明るくないし、俺も本物だと思いましたよ。これからの刑事は大変だね。こんなもんもウソかホントか見分けなきゃならないんだからねぇ」

嘆くように山中は言った。

「いや、それは刑事の仕事じゃないよ。専門家に委《ゆだ》ねるべきだ。だけど、こうした映像を鵜《う》呑《の》みにしない意識を持つことが大切なんだよ」

まじめそのものの顔で横井は言った。

「たしかに副隊長のおっしゃるとおりですね。ホンモノとわかるまでは焦って逮捕なんかしちゃダメってことですな。神奈川県警みたいにね」

まじめなのか冗談半分か、山中はのんきな口調で言った。

「うちの力ではフェイク映像の解析はできませんが、この映像が無理矢理挿入されたことははっきり確認できましたよ」

元気よく五島は言った。

「説明してくれますか」

夏希は意気込んで言った。

「喜んで」

五島は動画を福原が登場する直前の位置に戻した。

スタートしてすぐ、五島は画面の左端をボールペンのお尻《しり》で指した。

「ここです。画面に福原さんが現れる瞬間にここを見ていてください」

夏希は五島が指し示す位置を注視した。

福原が右端から現れた瞬間に、画面の左端近くの上方にとつぜんちいさな白い点が現れた。

白い点はゆっくりと左方向に移動してすぐに画面の外に消えた。

ふつうに見ていたのでは見落としてしまうほどちいさい灯りだった。

「とつぜん現れた灯りが左方向に移動していますね。すぐに画面から出てしまいました」

五島が指示してくれているので気づいたが、画面全体を見ていて気づく人はほとんどいないはずだ。誰もが織田と福原に注意を向けているはずだからだ。

「これは航空機の航行灯です。瑞穂大橋の上空を北日本方向に飛んでいます。羽田《はねだ》から離陸した旅客機だと思われます。旅客機が突然現れた事実で、福原さんが現れたところから映像をつないだことがわかります。画面全体のいちばん上の、しかも左端付近である上に、ほんの一瞬しか写っていません。なので、神奈川県警で画像を検証した人も気づかなかったに違いありません」

平静な口調で五島は言ったが、夏希の鼓動は高まった。

「すごいです！」

夏希は明るく叫んだ。五島の観察力には感心してしまった。

「福原さんと織田さんが登場する部分の背景動画は、事件以前に撮影された部分をサーバーから盗んだんですよ。その時間には飛行機が飛んでいたのです。そしてふたりのフェイク動画レイヤーと合成して、事件後にサーバーに混入させたんです」

自信に満ちた五島の声がブースに響いた。

「いまはまだ隊員たちに言えないのがつらいなぁ」

横井はわずかに微笑んで言った。

「レポートを作って黒田刑事部長にお送りします」

五島の言葉に、横井は大きくうなずいた。

「ああ、頼んだぞ」

もうすぐ織田の笑顔を見ることができる。

明るい気持ちで夏希は自席に戻って仕事を続けた。

横井はあれ以来、全体ミーティングを開いていない。

織田を取り巻く現状について、横井は隊員たちになにも告げていなかった。

知らせることで不測の事態が生ずることを恐れているのだ。

織田に関する報道は過熱しているかもしれない。

だが、夏希はテレビを見にいく気にはなれなかった。あとしばらくすれば、世間の織田への見方も一八〇度ひっくり返るはずだ。いまの騒ぎは一時的で意味のないものに過ぎない。

一方で黒田刑事部長からの朗報はいつまでも入ってこなかった。

フェイク動画の解析は科捜研では手に負えず、科警研の力を借りているのだろうか。

いまは待つしかない。

定刻が近づいたが、ほとんどの職員はまだ帰らないだろう。

サイバー特捜隊は織田の方針で、大きな事件を抱えているなどして残業を余儀なくされるとき以外は定刻で帰ることをつよく推奨されている。

だが、隊員たちは帰る気になれないのではないか。彼らは織田を取り巻く現状を知らないわけだが、なにかを感じているだろう。

固定電話の内線呼び出し音が鳴った。

ドキンと鳴る胸を抑えて夏希は受話器を取った。

「真田さん、来てください」

横井の声は静かだった。

夏希は鼓動を抑えながら織田のブースへと急いだ。

ソファには横井、山中と五島が向かい合って座っていた。

「織田さんは？」

急《せ》き込むように夏希は訊《き》いた。

「残念ながら、まだ、隊長の釈放についての連絡はない」

平らかな表情で横井は首を横に振った。

気が抜けた夏希は五島の隣にへたり込んだ。

「神奈川県警本部から警察庁に対して協力要請が入った。真田くんには神奈川警察署に設置されている特捜本部に参加してほしい」

思いもしないことを横井は言った。

「はい？」

夏希の声は裏返った。

「奥平参事官は例によって詳細は伝えてくれなかった。おそらくは神奈川県警の黒田刑事部長が君たちを必要としているのだろう。五島くんも一緒だ。ふたりで特捜本部で力を発揮してほしい」

横井は力づよく言った。

「わたしになにができるというのでしょう」

とまどいながら夏希は訊いた。

「それは僕だって同じことですよ。環境が整っていないところでは仕事になりません」

おぼつかない声で五島は言った。

五島が言う環境とはPCなどのことだろう。この庁舎にはスーパーコンピュータさえ備えられているのだ。

「わたしに訊かれても困るよ。ふたりの能力が見込まれたってことだろう」

横井は笑みを浮かべて答えた。

「東神奈川の酒屋さんの防犯カメラをクラッキングしたIPを追いかけているんですけど……」

五島は困ったような顔で言った。

「妻木くんと一緒にやっていたのだろう？」

「彼女ひとりでは無理があるかもしれません。それに彼女はあまり残業させないほうが……」

気遣わしげに五島は答えた。

麻美は身体に障碍《しょうがい》を抱える甥《おい》の面倒を見ている。

甥は施設に入所しているが、麻美は今夜も会う約束をしているかもしれない。

「じゃあ溝口くんにサポートさせよう。どうせ今夜はみんなまだ帰る気がしないんじゃないのか。残っている者にはデリバリーでもとろうと思っている」

横井は気前のいいことを言った。

「はぁ……」

五島は不満そうにうつむいた。

「とにかく、あちらでは君たちが来るのを待っている。公用車を出すから急行してくれ」

嚙《か》んで含めるように横井は指示した。

「わかりました。着替えてきます」

あきらめたように五島は答えた。

夏希はライトグレーのスーツを着たままだったが、五島はダンガリーシャツ姿だった。
「謹んで拝命致します」
きちんと身体を折って夏希は敬礼した。
織田が留置されている神奈川署に向かうこと自体は嬉《うれ》しかった。
汐留庁舎から神奈川署は四〇分ほどの距離だった。
夏希たちを乗せた黒塗りのセダンは六時前には神奈川署の駐車場に入った。
県警本部の公用車らしきクルマは見られなかった。
中規模署だけあって、六階建てだがそれほど大きな庁舎ではない。
夏希たちはガラスドアの入口から建物内に入った。
入ってすぐは交通課関係で静かだった。
奥の方の地域課から抗議めいた市民の怒声が響いている。
ひとりの制服警官が近づいてきた。
「どの課に用事ですか」
声を掛けてきたのは若い巡査だった。
夏希と五島に仕事の雰囲気が漂っていたからだろうか。
「県警本部の要請で参りました。特捜本部はどちらですか」
夏希は警察手帳を提示して用件を告げた。
捜査本部はたいていい最上階の講堂か大会議室に設置されるが、もっと狭い部屋を使うこともある。

若い巡査は階級を見たのだろう。さっと姿勢を正した。

「特捜本部は六階の講堂ですが……」

巡査は不得要領に答えた。夏希たちの来訪を知らなくてもあたりまえだろう。

「六階ですね。ありがとう」

夏希は礼を言って、すぐ右手のエレベーターに向かった。五島もあとから従《つ》いて来た。

「僕は所轄ってほとんど来たことないんですよ。ずっと本庁勤務でしたから」

どこか緊張した声で五島は言った。

「所轄はどこも似たような雰囲気ですね。何回か来れば飽きますよ」

五島の緊張を解くように夏希はやわらかく笑った。

エレベーターを下りると、すぐ左側のドアが開いていて「瑞穂大橋経営コンサルタント殺人事件特別捜査本部」と書かれた掲示が出ていた。

夏希は胸を張ってドアから入った。

五島はなにも言わずに従いて来た。

講堂内には七、八名の人間しかいなかった。

国旗や警察署旗の掲げられた前方には幹部席や管理官席が設けられていた。

幹部席には誰も座っていなかったが、幹部席横の管理官席に見覚えのある芳賀管理官の姿を見つけた。

芳賀管理官は夏希の姿に気づいて、すっと立ち上がった。

近くの机に座っていたスーツ姿の捜査員たちが芳賀管理官を見た。

立ち上がろうとした捜査員たちを手で制して、芳賀管理官は夏希たちが立つ方向に歩み寄ってきた。

中背で筋肉質の身体をネイビーのパンツスーツに包み、まるで制服のようにびしっと着こなしている。

暗めのミディアムロングの髪を今夜はひっつめていた。

いつぞやの捜査本部でも感じたが、大企業で責任ある地位に就いて精力的に部下を引っ張っている女性のイメージがぴったりだ。

「あら、こんばんは」

歩み寄ってきた管理官はあいさつの言葉を先に口にした。

口もとには笑みを浮かべているが、光る目は少しも笑っていなかった。

深呼吸して夏希はこころを落ち着けて口を開いた。

「こんばんは。いつぞやはお世話になりました」

笑みを浮かべて夏希は言った。

芳賀管理官は一瞬、怒りにも似た表情を浮かべた。

夏希の言葉が皮肉に聞こえたようだ。

かつて横須賀《よこすか》署に開設された捜査本部で、夏希と芳賀管理官の意見が激しく対立した。

結局は夏希の考えが正しかった。芳賀管理官はいまだに根に持っているのかもしれない。

「久しぶりね。警察庁に異動になったそうね」

平静な表情に戻って芳賀管理官は言った。

「はい、関東警察局のサイバー特別捜査隊におります」

「へぇ、あなた、サイバー犯罪に詳しかったの？」

けげんな顔で芳賀管理官は訊《き》いた。

「いえ、あちらでも心理分析官を拝命しております」

夏希の答えに芳賀管理官は興味がなさそうにうなずいた。

「ところで、こんなところになにしに来たの？」

まるで叱責《しっせき》するような口調だった。

「こちらの特捜本部に参加するように命令を受けて参りました」

夏希はにこやかな笑顔を作って答えた。

芳賀管理官の眉間《みけん》に深いしわが寄った。

「なんの話をしてるの。警察庁のあなたがなぜ、この本部に参加するのよ。わたしはそんなこと聞いてません」

いらいらとした口調で芳賀管理官は言った。

「わたしと、こちらの五島警部補に、神奈川署に急行するようにと指示が出ております」

夏希は隣に立つ五島に手を差し伸べて紹介した。

「はじめまして、五島と申します」

少し臆《おく》した調子で五島は名乗った。

「こんばんは、管理官の芳賀です」

芳賀管理官はちょっとだけ五島を見て名乗ったが、すぐに夏希に顔を向けた。

「なにかの間違いじゃないの。ここは千若町の瑞穂大橋で発生した殺人事件の特捜本部よ」

突っかかるような口調で芳賀管理官は言った。

「神奈川県警本部から警察庁に要請がありました。わたしは上の命令でここに来ています」

夏希はきっぱりと言った。

「なんでうちが警察庁に依頼するのよ」

口を尖《とが》らせて芳賀管理官は訊いた。

そのとき、ひとりの制服警官が青い顔で駆け込んできた。

「失礼します」

入室すると制服警官は深く身体を折った。

小走りに芳賀管理官に近づいた制服警官は、なにやら耳もとで囁《ささや》いた。

「なんですって！」

目を見開いて叫んだ芳賀管理官は急いで自席に戻った。

口を引き結んで険しい顔で正面の壁に視線を置いている。

大きな落胆が彼女を襲っているようにも感じられた。

しばらくすると、廊下が騒がしくなった。

前方のドアが開き、私服と制服の人間が次々に入室してきた。

壁際近くに立つ夏希たちの前をひとびとは通り過ぎてゆく。

先頭近くに黒田刑事部長や福島捜査一課長の姿もあった。

芳賀管理官がさっと起立し、釣られるように室内にいた警察官たちがいっせいに起立した。

夏希たちはもともと立っていたのでそのままだったが……。

入室者の前のほうに思わぬ人物の姿を発見して夏希は叫んだ。

「小早川さん！」

県警警備部管理官の小早川秀明《ひであき》だ。

夏希と同年輩のキャリア警視で、何度も一緒に事件を解決してきた。

色白で若手官僚らしい秀才っぽい顔つきだが、ドルオタの側面も持っている。

「真田さん、なんでここに？」

小早川管理官はぽかんとした顔で立ち止まった。

「警察庁からの応援です」

「まぁ、とにかく前のほうに座ってください」

首を傾げながらも、小早川管理官は右手で前方を指し示した。

「あ、はい……」

夏希と五島はあわてて入室者のあとに続いた。

黒田刑事部長、福島捜査一課長のほかに、制服の五〇代終わりくらいの男性が幹部席に座った。

夏希たちと小早川は管理官席の隣の島に置かれた椅子に腰を掛けた。

芳賀管理官は小早川の隣で茫然《ぼうぜん》と室内を見ている。

ちょっと振り返ると、置かれてあるパイプ椅子の半分ほどの出席状況だった。総勢で四〇名ほどであろうか。

石田や沙羅の姿は見られない。聞き込み捜査に出ているに違いない。

この本部はすでに大きく減員されていると聞いた。

いま入ってきた人たちは、黒田刑事部長の決断で新たに投入された捜査員なのだろう。

ほとんどが私服の捜査員で、数人の女性の姿も見られた。

「加藤さん」

最後列にひとりぽつんと座る加藤の姿を見つけて、夏希は嬉《うれ》しくなった。

黒田刑事部長は、言葉通りに加藤をこの捜査本部に参加させてくれたのだ。

加藤は手もとの資料を真剣な顔で読みふけっていた。

捜査幹部が着席すると、「起立」の声が掛かって全員が立ち上がった。

礼をすると、室内の人間はさっと着席した。

「もう少々お待ちください」

司会役らしい私服の中年男性が立ち上がって告げた。

意味がわからなかった。通常はこの状態で捜査会議は始まる。

五分も経たないうちに、前方のドアが開いた。

ひとりの長身の男が現れた。

まるで望遠レンズのフォーカスがその人物だけに合ったかのようにまわりの景色がぼやけた。

織田だ。織田がついに釈放されたのだ。

「織田さん……」

夏希はつい声を出してしまった。

全身の力がふわっと抜けてゆくのを感じた。

涙があふれ出るのをどうしても抑えることができず、夏希はあわててハンカチを目に当てた。

白いシャンブレーシャツに淡いブルーのウォッシュドデニム……。

鎌倉で別れたときの姿のままなのが痛々しい。

織田は幹部席にゆっくりと足を運んだ。

疲れた顔つきをしているが、織田は思ったよりも元気そうだ。

その途中の一瞬間、夏希に目配せを送ってよこした。

織田の目には明るい笑みが浮かんでいた。

夏希はドギマギしてうつむいてしまった。

「動画のレポートが無駄になってよかった」

五島がちいさな声で夏希に言った。

「ご苦労さまです。それでは……」

織田が幹部席の端に座ると、司会役が声を発した。

「待ちなさい」

司会役を手で制して黒田刑事部長が立ち上がった。

黒田刑事部長は隣に座る制服姿の初老の男性にちょっと目礼すると、左側に足を進めた。

初老の男性は、おそらくは神奈川署の署長だろう。

織田のすぐ隣に進んだ黒田刑事部長は前方へ向き直ってゆっくりと口を開いた。

「こちらは警察庁関東管区警察局サイバー特捜隊長の織田信和警視正だ。報道で知っている諸君もいるかもしれないが、織田隊長は殺人の容疑で捜査一課に逮捕され、神奈川署に留置されていた。だが、先ほど、織田隊長が無実であり、本件の逮捕が誤謬《ごびゅう》であった事実が明らかとなった。ひとえに刑事部の落ち度であり、織田隊長には多大なるご迷惑をおかけした。ここに神奈川県警察を代表してお詫《わ》びしたい」

黒田刑事部長は深々と頭を下げた。

「まことに申し訳ありませんでした」

誠意のこもった声が講堂に響いた。

織田も黒田刑事部長に向かってかしこまって一礼した。

黒田刑事部長は戻って席についたが、織田は立ったままでこちら側を向いた。

「警察庁の織田です、今回はわたしのことでたくさんの方にご心配とご迷惑をおかけしました。身に覚えのない被疑事実で逮捕される身のつらさを味わったことは、一警察官としては大きな収穫でもありました」

織田は毅然《きぜん》とした声で言葉を継いだ。

「今回の釈放のために、神奈川県警と警察庁のたくさんの皆さまにご尽力いただきました。そのおかげでこうしていま、皆さまの前に立っております。わたしの無実を信じて奔走頂いた方々には感謝の言葉もございません。本当にありがとうございました」

身体を深く折って織田は頭を下げた。

夏希は思わず拍手していた。

拍手は講堂内にゆっくりとひろがっていった。

やがて、講堂はすべての出席者の拍手に包まれた。

幹部たちも管理官たちも拍手を送っている。

芳賀管理官でさえ拍手していた。

五島は手が痛くなりそうなほどの勢いで拍手を送っている。

夏希たちの織田が帰ってきた。


【3】


織田が着席すると、ふたりの私服捜査員が三枚綴《と》じのプリントを全員に配った。

タイトルは「現在までの捜査状況」とある。

さらっと目を通すと、特捜本部が動画や証言により織田を逮捕したことや、謎のタクシーの件などが簡単にまとめてあった。

司会役が背筋を伸ばして口を開いた。

「神奈川署刑事課長の成田《なりた》です。それでは、いままでの経緯と今後の捜査方針について、特捜本部長でいらっしゃる黒田刑事部長からご説明いただきます」

これは異例のことと言っていい。捜査本部長は訓示をするくらいで、実務的な内容は管理官が説明することが多い。だが、織田を追いかけていた芳賀管理官はなにも知らない可能性が高い。

「長くなるので着席のまま話すことにする。おそらく現時点では福島一課長や芳賀管理官よりもわたしのほうが事件の全貌《ぜんぼう》を把握していると思う。まず、本件は単純な殺人事件ではない。このことは、全捜査員にはっきりと認識してもらいたい」

黒田刑事部長は、講堂内をゆっくりと見まわして言葉を継いだ。

「新しく特捜本部に参加した者は、会議終了後に先ほど配付した資料に目を通しておいてほしい。いままでの捜査の経緯を記しておいた。さて、本件では織田隊長を罪に落とすべく計画的に証拠がねつ造された。ひとつは犯行そのものを記録した現場に設置された防犯カメラの映像という物証だ。この映像がディープフェイク動画であることは先ほど科警研の分析結果で明らかになった。織田隊長がえん罪に落とされたことが証明された」

静まりかえった講堂内に黒田刑事部長の声が響き渡る。

やはり科捜研では解析不可能だったのだ。

「続いて織田隊長と被害者がもめていたという人証が二件あった。この二件のうち、バー《オージーヒート》店長は水谷正俊を名乗っていた。だが、供述調書に記載されていた住所に居住していた水谷正俊氏は海外赴任中であり、まったくの別人であることが判明した。客として証言していた中江直也氏も同様に別人であった。人証はふたつとも偽りだった。つまり、織田隊長の逮捕理由となった三件の証拠はすべて不真正のものだったのだ。つけ加えると、織田隊長を自宅まで送り、アリバイの成立を阻害したタクシーがある。このタクシーは社名等を偽って表示していたと思われる。簡単に言うとニセタクシーだった可能性が高い。どのような角度から見ても織田隊長は、罪に陥れられたのだ」

芳賀管理官は目を剝《む》いた。

顔色が真っ青になっている。

芳賀管理官は唇を引き結んで全身を小刻みに震わせている。

織田は意外と平静な表情だった。

釈放時にすでにこの程度の説明は受けているのかもしれない。

「さらに諸君に伝えるべきことがある。土曜日の夜にいっせいに起きた事件で、三人の本県警警備部警視が逮捕された。すでに報道されているので概要を知っている諸君も多いと思う。第一に市橋長治警備課長が傷害罪で逮捕され、第二に堅田慶治公安第二課長が器物損壊罪で、第三に藤掛勝雄警衛警護室副室長が窃盗罪で逮捕された。いずれも証拠となったのは犯行を捕捉《ほそく》していた防犯カメラの映像だ。すべて否認事件で、本人たちは身に覚えがないと言っている。三人の幹部の逮捕で、現在、警備部は大混乱の状態にある。だが、この三件についても、証拠映像がディープフェイク動画であるおそれがつよくなった。現在、科警研で解析を急いでいる。証拠がねつ造と判明すれば、三人の警視も誤認逮捕だったことになる」

黒田刑事部長が言葉を切ると、声にならないざわめきが講堂内にひろがった。

夏希たち以外の誰もが予想していなかった話なのだろう。

「さて、さらに織田隊長の事件では、事件後の時間に彼が東神奈川駅方面に逃走した場面を記録した、駅付近の二件の防犯カメラ映像も存在する。この映像は解析が済んでいないが、おそらくはフェイク動画だ。当該防犯カメラをコントロールしているシステムに何者かが侵入した痕跡《こんせき》が認められた。これは警察庁サイバー特捜隊の五島警部補が明らかにした」

五島を盗み見ると、照れたように床を見ている。

「いいだろうか。このような手の込んだ証拠のねつ造までして、織田隊長と三人の警備部幹部を罪に陥れようとした犯人の目的はいったいなにか。最初に織田隊長の事件を単純な殺人事件ではないと言った理由はここにある。嫌な話だが、わたしには大きな犯罪計画が存在するように思えてならない。また、さまざまなファクターを勘案すると、犯人は個人ではない。さらには二、三人ということも考えにくい。しかも、フェイク動画の作成やサーバーコンピュータのクラッキング、ニセタクシーなどを考えあわせると素人のしわざとも考えにくい。ある程度の規模を持った犯罪者集団である可能性が高くなってきた。だが、つい先ほど組織犯罪対策本部の話も聞いたが、このような犯行態様を見せた暴力団は存在しないそうだ。つまり日本のヤクザではないと考えられるということだ。どのような犯罪組織がどんな犯罪計画を企図しているのか。そのことを我々は迅速に解明しなければならない。これは我々神奈川県警刑事部に課された急務だ」

黒田刑事部長の声は朗々と響いた。

「全国の都道府県警のサイバー犯罪対策課を指導する立場のサイバー特捜隊と、我が神奈川県警警備部をともに混乱に陥れようという犯人集団の狙いは明らかだ。では、なんのために？　いまのところ犯人集団の目的はまったくわかっていないというのが実情だ。ただ、サイバー特捜隊と警備部が狙われていることから、テロを起こそうと企図している組織があることを危惧《きぐ》している。警備部では独立して対策会議を開いているが、本特捜本部にも警備部から小早川秀明管理官と警備部員に参加してもらった」

小早川管理官が起立して一礼した。

「また、警察庁のサイバー特捜隊からは、織田隊長と真田分析官、五島主任の力を借りることとなった。真田、五島両警部補は今回の織田隊長の事件で、当初から独自の捜査を進めてくれて、大きな成果を上げてくれた」

夏希と五島も起立して頭を下げた。

席に座ると、芳賀管理官が嫌な目で自分を見ているのに気づいた。

特捜本部の織田逮捕を、夏希たちが最初から疑って掛かっていたことが不愉快だったのだろう。

そのときひとりの制服警官がメモを手にして黒田刑事部長に小走りに歩み寄った。

メモを見た黒田刑事部長の表情がパッと明るくなった。

「市橋警備課長の犯行を記録した防犯カメラの映像がディープフェイク動画であることが判明した。市橋課長は釈放された」

黒田刑事部長の声が響き渡ると、ちいさな歓声があちこちに上がった。

刑事部痛恨のミスが明らかになったわけだ。

刑事部と警備部とはあまり仲がよくない。だが、同じ神奈川県警の職員が下劣な犯罪を犯していなかった事実は誰にとっても嬉《うれ》しいはずだ。

「堅田、藤掛の両名も誤認逮捕である可能性がきわめて高くなった。四人の仲間を罪に落とし辱めようとした憎むべき犯人を許してはならない。一刻も早く犯人の正体を突き止めるために、全捜査員一丸となって力を尽くしてほしい。以上だ」

黒田刑事部長は力づよく言い放った。

「なにか質問のある方は？」

成田刑事課長は講堂内を見まわした。

「はい」

聞き覚えのある声が聞こえたあたりに目をやると、加藤が右手で持ったボールペンを高く上げてゆらゆらと振っていた。

「所属と氏名を名乗ってください」

「江の島署の加藤です」

めんどうくさそうな声で加藤は名乗った。

講堂内がざわついた。なぜ、江の島署員がここにいるのか不思議なのだ。紹介された夏希たちと小早川は別として、ここには捜査一課員と神奈川署員しかいないと思われているはずだ。

「あ、自分は黒田刑事部長からこの本部に参加するように特命を受けています」

言い訳するように言って加藤は頭を掻《か》いた。

「加藤くん、いろいろとご苦労だった。なにか質問があるのかね？」

黒田刑事部長が助け船を出すかのように尋ねた。

「質問じゃなくて追加情報です。さっきお話のなかに《オージーヒート》の件が出てました。織田隊長が飲んでいた店ですがね。この店の不動産登記簿を見てきたんですよ。そしたら所有者は高島町に住む佐久間《さくま》って人でした。それで佐久間さんの住まいに行ってきたら、八〇近いじいさんで、代々の土地持ちなんですね。《オージーヒート》は長年、賃貸ししているんだそうです。戦後、進駐軍相手に開いた店で、何人もの借主が続きましたが、年々客足が減っているとのことです。で、二年ほど前の経営者が投げ出してからは空き店《だな》状態だったそうです。ところがですよ。三週間前に不動産屋の紹介で借受人が現れて賃貸借契約を結んでます。もちろん二五〇万円という保証金も、三ヶ月の前家賃も払ってます。写真を見せたら、店長の水谷と名乗ってた男ではありませんでした。また契約上の賃借人は杉浦重治《すぎうらしげはる》って名前で、住所は南《みなみ》区の横浜市営住宅でした。そこにも行ってみました。こいつも水谷じゃなくて五〇代の男でした。それがね、とてもあの《オージーヒート》を借り受けるような経済状態には見えなかったんですよ。で、ちょいとていねいに尋問しましてね。写真を見せたら当然ですけど、水谷を名乗っている男を知ってました。今回は水谷を名乗っている男から五〇万円もらって借主になるように頼まれたんだそうです。頭悪いですよね。賃借料を背負う羽目になるかもしれないのにね。もっとも、この杉浦って男は賭博《とばく》依存症らしくていつもピーピー言ってるんですよ。でもね、七年前まではニューヨークに住んでたっていうんです。で、その頃から水谷からのチンケな頼まれ仕事をしてたんです。そうです。水谷って名乗っている男はニューヨーク在住だったんですよ。しかも、日系アメリカ人なんです。地元ではカワムラって呼ばれてたそうです。漢字はあるのかどうかわかりませんが、カワムラです。このカワムラが何者かがわかれば、捜査も大きく進展すると思うんですけどね」

ちょっと言葉を切って、加藤は呼吸を整えた。

「さらにね、今日は休みじゃないのに《オージーヒート》は営業してませんでした。営業開始時刻の五時から三〇分くらい経ってから行ったんですけど、誰もいません。あるいはカワムラはすでに風を食らって逃げ出したのかもしれませんね」

ちょっとあごを引いて加藤は椅子に座った。

加藤は朝からずっと調べてくれていたのだ。

しかし、加藤はカワムラの写真をどこから入手したのだろうか。

あのとき加藤はスマホで店内の写真を撮っていた。

なんのためだろうかと不思議に思っていたのだが、カワムラの顔を盗撮していたのかもしれない。

あらためて感謝の気持ちが沸き起こってきた。

夏希が頭を下げると、加藤は遠くからにっと笑って応《こた》えた。

「それはきわめて重要な情報だ。まずは水谷と名乗っていたカワムラという男を探し出さなければならない」

重々しい口調で黒田刑事部長は言った。

「ほかになにかご質問、ご意見はありませんか」

成田刑事課長が講堂全体を見渡しながら尋ねた。

「よろしいでしょうか」

小早川管理官が挙手した。

「どうぞ」

小早川管理官は起立すると、幹部席に向かって口を開いた。

「警備部ではカワムラの正体を世界中の犯歴データベースからあぶり出したいと思います。もし、ニューヨークで名乗っていたのが本名ならば、犯歴などがヒットする可能性もあります。それから、海外の犯罪組織を中心に近々我が国で犯罪行為を行うおそれのある団体を片っ端からチェックします」

張りのある声で小早川管理官は言った。

「小早川くん、その方向で進めてくれ」

「全力を尽くします」

小早川管理官は右手でかるく拳《こぶし》を作って自分の左胸にポンと当てた。

「では、ここで捜査員を分けたいのだが……」

黒田刑事部長は福島一課長に目顔で訊《き》いた。福島一課長の役割を奪うことを気遣ったようだ。

福島一課長はやわらかい表情でうなずいた。

「捜査員を四つに分ける。一班はカワムラについての聞き込みを《オージーヒート》付近で行ってほしい。また、杉浦重治周辺部を探ってもらいたい。さらに、市橋、堅田、藤掛事件の目撃者探しだ。この三人も誤認逮捕とわかった以上、必ず真犯人が存在する。傷害、器物損壊、窃盗の真犯人の目撃者を探す地取り捜査をするように。捜査一課の捜査員の半分と神奈川署員の半分で構成する。芳賀管理官が率いる」

黒田刑事部長は芳賀管理官を見て指示した。

「承知致しました」

芳賀管理官は素早くあごを引いた。

ホッとしているような表情にも見えた。

「二班はキーマンのカワムラと犯罪組織の正体を洗い出す作業だ。警備部員が担当する。小早川管理官に率いてほしい」

「了解です」

笑みを浮かべて小早川は答えた。

「三班はニセタクシー関連の捜査だ。自動車整備工場と依頼主を探し出す。捜査一課の捜査員と神奈川署員の残り半分、さらに近隣各署の捜査員が当たってくれ。神奈川署の成田刑事課長がリーダーだ」

　近隣各署から応援の捜査員が参加するのが通常だ。

「拝命致します」

　成田刑事課長がかしこまって答えた。

「四班は、瑞穂大橋、東神奈川駅付近の二箇所、保土ケ谷、かしわ台駅付近、鴨居駅付近のスーパーマーケットの六機の防犯カメラのコントロールサーバーへのクラッキングについての捜査だ。システムへの侵入者の特定にあたってほしい。これは織田隊長が率いるサイバー特捜隊にお願いしたいが……」

　黒田刑事部長は遠慮がちに訊いた。

「サイバー特捜隊は独自に捜査を進めております。クラッキングの本格的な捜査はサイバー特捜隊の環境を用いなければ進められません。また、うちの隊員がクラッカーの特定を進めるために尽力しておりますので、特捜本部からは離脱したいと思うのですが……」

　顔色を曇らせて織田は答えた。

　夏希と五島は特命を受けているが、サイバー特捜隊は当然ながら神奈川県警の指揮下にはない。一班から三班とは違って、黒田刑事部長はあくまでも協力要請しかできないのだ。

「もちろん織田くんは長時間拘束されて疲れ切っているだろうから帰宅してほしい。が、真田くんと五島くんには残ってほしいんだ」

黒田刑事部長は織田の顔を見ながら頼んだ。

「クラッカーの捜査は、環境が整っているうちの庁舎のほうが進捗《しんちょく》が期待できます。チームのリーダーは五島ですので庁舎に戻したいです。また、真田は心理分析官ですので、単独でのクラッキング捜査は困難です。わたしとともに離脱させたいです」

控えめな表現ながら織田ははっきりと主張した。

「わかった。無理を言って悪かった。必要があるときには捜査会議に出席してくれ」

あきらめ顔で黒田刑事部長は言った。

「了解しました」

織田はにこやかに答えた。

黒田刑事部長は全員に向き直った。

「わたしと福島一課長はこれから本部に戻って記者会見の準備をしなければならない。織田、市橋、堅田、藤掛の四名を誤認逮捕したことを、県警刑事部の代表者として謝罪する必要があるのだ」

黒田刑事部長はちょっと顔をしかめた。しかし、四人が逮捕された状態での記者会見よりはずっと気が楽なはずだ。

「森《もり》副本部長、あとは頼みます」

隣に座る初老の制服警官に黒田刑事部長は頭を下げた。

捜査本部が開設される所轄署の署長が副本部長に就くことが多い。

「おまかせください」

森副本部長は明確に答えたが、副本部長が捜査本部を仕切るのは難しい場合が多い。捜査のプロであることは少ないからだ。刑事の経験を持つ署長は多くはない。警務・総務の経験がほとんどだという署長も少なくはない。しかも森署長は警視だ。階級では芳賀管理官や小早川管理官と同格になってしまう。

黒田刑事部長が織田に残ってほしかった理由が夏希にはよくわかった。自分たちが留守の間に、この特捜本部を実質上は織田に仕切ってほしかったのだ。

「わたしは用が済んだら戻る。では、諸君。総員の力を尽くして事件解決を急いでほしい」

黒田刑事部長と福島一課長が退出した。全員が起立して見送った。

「さぁ、わたしたちも退出しよう」

織田は笑みを浮かべて夏希たちに言った。

夏希たち三人が講堂の外へ足を運ぶと、講堂内の全員が起立した。

警視正に対する儀礼でもあるが、捜査員たちは織田がえん罪に苦しんだことに対する惻隠《そくいん》の情を示したものと思われた。

「織田さん……」

声にならない声で夏希は呼びかけた。

織田は立ち止まって夏希の顔を見た。

「真田さん、心配掛けました」

口もとに笑みを浮かべて織田は答えた。

「よかった……本当によかった」

抱きつきそうになる自分を夏希は必死で抑えた。

「明月院ブルーはまだまだきれいですよ」

織田は片目をつむった。

「ええ……」

せっかく抑えていた涙があふれてしまったではないか。

「隊長、お帰りなさい」

半分は涙声で五島が言った。

「五島くん、留守の間もしっかりやってくれたんだね」

織田は五島の肩に手を置いた。

五島は激しく首を横に振った。

「信じてました。隊長をずっと信じてました」

絞り出すような声で五島は言った。

「ふたりとも本当にありがとう」

織田は深々と頭を下げた。

「おーい、待ってくれ」

廊下を歩く夏希たちを加藤が追いかけてきた。

「織田さん、よかったですね」

あっさりと加藤は言った。

「加藤さんには、なんとお礼を言っていいのか」

織田は加藤の目を見て頭を下げた。

「俺は事件を追っかけただけですよ」

加藤はそっぽを向いて、ポケットから青いUSBメモリーを取り出した。

「あのさ、これ、杉浦のPCから本人の許諾を得て抜き出したメールデータなんだ。俺が持ってても宝の持ち腐れだから五島さんにあげるよ」

加藤はUSBメモリーを五島の鼻先に突き出した。

「うわっ、これはありがたい」

五島はUSBメモリーが宝物ででもあるかのように両手で受けとった。

「加藤さん、本当にありがとうございます」

織田はふたたび加藤に礼を言った。

「俺は信じてましたよ。今夜はゆっくり休んでください」

あたたかい口調で加藤は織田をねぎらった。

夏希の鼻の奥がつんとした。

三人が乗ったタクシーは神奈川署を離れた。

## 【4】

「隊長、僕は汐留に戻りたいんですが」

国道一五号に入ってすぐに五島が言い出した。

「もうすぐ八時半だよ。今夜は帰宅したらどうかな？」

織田は眉間《みけん》にしわを寄せた。

「いえ、加藤さんから頂いたUSBをしっかり解析したいんです。ちらっと見たら、カワムラらしき人物とメールのやりとりをしていることがわかりました。本当に宝の山の可能性があるんです」

五島は興奮気味の声で言った。

なんとわずか数分のうちに、五島は膝《ひざ》の上に置いたミニPCでUSBメモリーのチェックを始めていた。

「僕がいない間に五島くんには迷惑を掛けたと思います。無理しないでください」

とまどいがちの声を出しつつも織田はうなずいた。

「五島さん、わたしも汐留に戻ります」

夏希は明るい声で言った。

「でも、真田さんも疲れているでしょう」

今度は五島が困惑する番だった。

「いえ、最初から特捜本部に残るつもりでしたから……」

特捜本部より汐留庁舎で不眠不休のほうがずっといい。

五島はきっとなにかをつかむはずだ。そばにいて一緒に考えたかった。

「ずっと待ってもらうことになるかもしれません」

五島は気遣わしげに言った。

「ご心配なく」

「ふたりともすみません」

そう言いながら織田はスマホを取り出した。

「横井さん、織田です。心配掛けてすみませんでした。無罪放免です」

電話の向こうで横井がしゃべり続けている。

「ありがとう。明日《あした》は定刻に顔を出します」

それだけ言って織田は電話を切った。

「僕の釈放を、みんなに一斉メールで伝えてくれるそうです。横井さんにも本当に心配を掛けてしまった」

織田は肩をすぼめた。

三〇分ほどでタクシーは日本テレビの前に到着した。

汐留庁舎のビルに直接乗りつけるのは危険なので、隊員たちはこの方法をとっていた。

「ふたりとも、仮眠は取って下さいね。申し訳ないが、僕はコンディションを整えるために自宅に戻ります」

タクシーのなかから織田は申し訳なさそうに言った。

「とんでもないです」

「とにかくゆっくりおやすみください」

五島と夏希は織田に答えを返した。

ふたりを下ろすと、タクシーは三軒茶屋の織田宅を目指して走り去った。

夏希と五島は汐留庁舎に戻った。

さすがにこの時間では誰も残っていないだろう。

と思っていたら、3号室では麻美と溝口が仕事を続けていた。

「真田さんっ」

麻美はいきなり抱きついてきた。

「よかったね、本当によかったね」

夏希は麻美の肩を抱きながら答えた。

五島と溝口はハイタッチして喜びを分かち合った。

「真田さん、僕は敵討ちしたいんです」

五島はひどく真剣な表情で言った。

「わたしだって気持ちは同じです」

夏希はうなずいた。

「織田隊長を苦しめたヤツらを引きずり出して天罰を加えたいんです。今晩、徹夜してでもヤツらの首に縄を巻いてやりたいんです」

五島にしてはひどく血の気の多いことを言い出した。

「可能でしょうか」

夏希の言葉に五島は目をらんらんと輝かせて答えた。

「きっと突き止めて見せますよ」

五島は本気だ。

「チーフ、わたしもお手伝いします」

「僕にも手伝わせてください」

麻美と溝口の目にも炎が燃えていた。

夏希は自席に戻った。

メモを取りながら今回の事件を最初から考え直すことにした。

「そうか……」

ある可能性に夏希は気づいた。

サイバー特捜隊や織田、三人の警視をターゲットとしていると見ていただけでは真相は見えてこないのかもしれない。

現時点で、日本警察をもっとも敵視している存在から今回の犯罪を見つめ直す必要がある。

6号室に五島が飛び込んできた。

「真田さん、ちょっとディベートしたいんですけど」

息を弾ませて五島は言った。

「なにかわかりましたか」

「ええ、とんでもないことが起きるかもしれません」

五島の声はわずかに震えていた。

すぐに夏希、五島、麻美、溝口の四人が6号室のテーブルに集まった。

麻美が気を遣って7号室でカップコーヒーを買ってきてくれた。

「まず、加藤さんが杉浦氏のPCから取り出したメールデータですが、杉浦氏がやりとりしていたカワムラの発信していたIPが判明しました。カワムラがメールを発信していた相手先IPもいくつか辿《たど》ることができました。すると、国別コードトップレベルドメインの『.ph』……つまりフィリピンのあるサーバーがいちばん怪しいことに気づきました。そこでこのサーバーに対してクラッキングを行ったのです。そしたら、このサーバーが発信しているメールは暗号で記されていて、内容が判読できないようになっていました」

コーヒーをひとくち啜《すす》って、五島は続けた。

「ですが、数字が読み取れました。35・50と139・64のふたつです」

五島は誇らしげに言った。

「それって……もしかして」

夏希にもピンときた。

「そうです。緯度経度です。北緯三五度五〇分東経一三九度六四分。なんと横浜市鶴見《つるみ》区なんですよ」

「鶴見区のどこですか」

うわずった声で夏希は訊《き》いた。

「馬場《ばば》七丁目というところなんですが、ここは首都高速神奈川七号横浜北線の馬場出入口付近の座標です。犯人はここでなにかを起こすつもりなのではないでしょうか」

五島は感情を抑えるようにして言った。

「いったいなにをするつもりなんだ」

溝口が腹立たしげな声を出した。

「わたし、さっきから考えていたんですけど、犯人が我々や織田さんを狙ったことだけに絞り込むと真実が見えなくなってしまうのではないでしょうか」

夏希は五島と麻美を交互に見て言った。

「どういうことですか」

麻美が首を傾げた。

「つまり犯人が狙っているのは日本警察全体なのではないでしょうか。わたしは先月の中旬にある事件解決のお手伝いをしました」

「ああ、あの事件ですね」

五島もほかのふたりもうなずいた。

「あの事件の実行犯は収監されましたが、首謀者一味は誰も逮捕されていません。実行犯の供述によって首謀者一味が国際犯罪組織の《ディスマス》であることは明らかになっています。突飛な発想かもしれませんが、今回の事件は《ディスマス》がカワムラたちを使って日本警察に復讐《ふくしゅう》しようとしているのではないでしょうか。過去にも《ディスマス》が自分たちの組織を攻撃した存在に対してむごたらしい復讐をした事例がいくつか存在します。すべて国外の事例ですが……今回は同じような事件を起こそうとしているのではないでしょうか。それも鶴見区で……」

「決して突飛な発想ではないと思います。今回の事件はフェイク動画作成やサーバーへのクラッキングの素早さなどを考えると、ある程度の人数を抱えた組織による犯行と推察できます。つまり、黒幕一味がいると考えるのが自然だと思います。さらに今回の事件のやり口はいままで日本国内の犯罪組織では見られなかったものです。黒幕が外国人だと考えても不思議はありません。先月、《ディスマス》は日本警察に完敗しています。リベンジしようとしているという真田さんのご意見は説得力があります。はっきりしたことが把握できない以上、これから起きうる事件を未然に防ぐためには、黒幕を《ディスマス》と仮定することは大いにメリットがあると思います。僕は真田さんのご意見に賛成です」

五島は力づよく言った。

「《ディスマス》についてはその凶悪さ以外にはあまり情報はなく、実態は誰もわかっていません。ですが、彼らが何らかの事件を起こそうとしている気がしてならないのです」

言葉を発しているうちに、夏希は首謀者一味が《ディスマス》であるとしか思えなくなってきた。

「どんな事件を想定していますか」

麻美が不安げに訊《き》いた。

「要人の暗殺を危惧《きぐ》しています」

「その襲撃地点が馬場インター付近だと……」

五島がつばを飲み込む音が聞こえた。

夏希は黙ってあごを引いた。

「警備局の警備企画課に近々の要人警護について確認してみますね」

五島は織田のブースへと去った。

しばらくして戻ってきた五島はメモも見ずに説明した。

「直近ですが、七月二〇日に横浜市役所で能勢頼亮《のせよりあき》警察庁長官とジルベール・ギュメットパリ市警視総監、京極高子《きょうごくたかこ》横浜市長の三人が懇談する予定があります。懇談後ギュメット総監は南麻布《みなみあざぶ》の在日フランス大使館に戻り、能勢長官は新横浜《しんよこはま》駅から翌日の公務のために新大阪《しんおおさか》へ向かいます」

「ちょっと待ってください」

麻美は目の前で起動しているPCのキーボードを叩《たた》いた。

「ギュメット警視総監と能勢長官の懇談予定はすでに報道されていますね。また、能勢長官が翌日に大阪府庁舎を訪問することも公表されています。《ディスマス》もこんな情報は必ず摑んでいるはずです」

麻美はうわずった声で言った。

「下手をすると、《ディスマス》なら在日フランス大使館や警察庁のサーバーにもクラッキングしているかもしれない。ギュメット警視総監や能勢長官の行動予定が筒抜けのおそれすらありますね」

五島はうなった。

「ねぇ、五島さん。これから神奈川署の特捜本部に報告に行きましょう」

夏希のこころに焦燥感が募った。

早く《ディスマス》と思われる黒幕の計画を黒田刑事部長に告げなければなるまい。

「もう少し待ってください。あと少し調べたいことがあります」

笑みを浮かべて五島は言った。

休んでいる織田に報告すべきではなかった。

夏希は横井に電話して許可をとった。

一時間後、夏希と五島は黒田刑事部長に連絡して、緊急の捜査会議を開いてもらうよう要請した。

庁舎を出た二人は日本テレビ付近で客待ちをしていたタクシーに飛び乗った。

＊

神奈川署の講堂には黒田刑事部長、芳賀、小早川両管理官と二〇名ほどの捜査員が集まっていた。福島一課長の姿は見られなかった。

「急遽《きゅうきょ》集まってもらったが、サイバー特捜隊から緊急報告がある」

黒田刑事部長の手振りに従って夏希と五島は起立した。

「サイバー特捜隊の五島です。サイバー特捜隊では今回の事件の解析が進みました」

つよい口調で五島は言った。

「詳しく説明してくれんかね」

黒田刑事部長の言葉に五島はあごを引いた。

「はい、昨日、江の島署の加藤巡査部長から、杉浦重治さんのPC内のメールデータの提供を受けました。ところで、このデータには水谷ことカワムラとの通信記録が多々残っていました。我々はカワムラのIPが発信する相手にある固有のIPが多いことに気づきました。たくさんの発信のあるIPでなんらかの組織と考えられますが、正体は不明です。仮にαとしましょう。ところがα組織のIPは、先日、東神奈川の防犯カメラのコントロールサーバーにクラッキングを掛けていたものと同一だったのです」

講堂内がざわついた。

「それはどういうことを意味するのかね」

黒田刑事部長は身を乗り出して訊いた。

「つまりカワムラは、ディープフェイク映像を作って防犯カメラに混入させた犯人と共犯関係にある可能性が出てきたのです。さらにスーパーコンピュータで解析したところ、このα組織周辺のIPが発信する情報に共通する項目がいくつか見つかったのです。ひとつは座標です。北緯三五度五〇分東経一三九度六四分……これは首都高速神奈川七号横浜北線の馬場出入口付近の座標です。そこで、この道路を管理するNEX東日本に協力を要請してあちらのサーバーに入らせてもらったところ、α組織と思《おぼ》しきIPからクラッキングされている痕跡《こんせき》を発見しました。さらに彼らは警察庁のサーバーと在日フランス大使館のサーバーにもクラッキングしていることが判明しました。このうち警察庁サーバーへの侵入は失敗しています」

五島はかすかに笑みを浮かべた。

警察庁サーバーを守ったのはサイバー特捜隊だという自負があるのだろう。

黒田刑事部長はけげんな顔で訊いた。

「フランス大使館も関わりがあるのかね」

「はい、警察庁警備企画課から直近の警備計画を聞き出したところ、七月二〇日に横浜市役所で能勢頼亮警察庁長官とジルベール・ギュメットパリ市警視総監、京極高子横浜市長の三人が懇談する予定があることを知りました。懇談は午後六時半に終了し、能勢長官は翌日の大阪での公務のために新横浜駅から新幹線に乗る予定であり、ギュメット警視総監はクルマで港《みなと》区南麻布の在日フランス大使館に戻る予定であることがわかりました。根拠はこれだけですが、α組織がこの座標に触れているのはここ一ヶ月で一三回にも及ぶのです。ぜひ、能勢長官とギュメット警視総監の警備強化を警備部長に要請してください」

五島の声は講堂内に響き渡った。

誰もがあっけにとられている。

「大変に重要な、驚くべき調査結果だ。わかった。本多警備部長に会って直接伝える。会議終了後、いまの発言の内容をレポートとしてわたしにくれないか」

黒田刑事部長は身を乗り出した。

「すでに作成してあります」

五島はA４判のプリントの束を掲げた。

「サイバー特捜隊からはそれだけだな」

黒田刑事部長が訊《き》いたので夏希も挙手した。

「完全な私見であり、確たる根拠もないのですが……五島警部補がα組織と表現した組織について予想できることがあります。先般、横浜市内でノーベル賞候補文学者で中央アフリカ人のエンゾ・マンベレ博士への犯罪行為を、神奈川県警が阻止しました。実行犯は収監されていますが、この犯行の首謀者一味は逮捕されておりません。首謀者一味は国際的犯罪者集団《ディスマス》です」

夏希の言葉に黒田刑事部長は大きくうなずいた。あの事件でもっとも苦労したのは、当の黒田刑事部長だ。

「わたしは五島が言ったα組織は《ディスマス》であろうと思量します。つまり《ディスマス》はあのおり日本警察と神奈川県警に敗れたことが許せず、復讐を企図しているのです。従ってターゲットはギュメット総監ではなく、能勢長官だと考えるのです。この点も先ほど五島が提示したレポートに付記してあります」

「繰り返しで恐縮ですが、六月三〇日に《ディスマス》の手の者が移動中の能勢警察庁長官を首都高横浜北線の馬場料金所付近で襲撃する危険が最も大きいというのが、サイバー特捜隊の結論です。今後の対応をどうぞよろしくお願いします」

五島が夏希の言葉を引き継いでくれた。

「大いに傾聴に値する意見だ。先月の事件で《ディスマス》がどんなに危険な組織であるかがはっきりした。彼らが我々、神奈川県警に復讐を試みているという見解には大いに説得力がある。α組織の実態がまったくわからない以上、これを《ディスマス》と仮定して警備態勢を整えることは非常に有効だと考える。さっそく本多警備部長に働きかける」

　黒田刑事部長はつよくあごを引いた。

　夏希は黒田刑事部長の力を信じたかった。

「わたしからも報告があります」

　さっと小早川が立ち上がった。

「警備部が保有している国際犯罪者データベースで、カワムラと呼ばれている男がヒットしました。詳しいことはこれから明らかになると思います。また、うちのほうで調べたところ、深層Ｗｅｂと呼ばれる検索エンジンにヒットしないネットの暗部で、ギュメット警視総監の名が散見されるんです。それもここ十日ほどの短い期間にです。警備部ではこれらの情報についても解析を進めたいと思います。ターゲットがギュメット総監であるおそれもつよいと考えられます。ふたつの可能性を視野に入れるべきです」

　小早川は静かに席についた。

　夏希と五島は顔を見合わせた。

「なるほど、これまたきわめて重要な情報だ」

　黒田刑事部長は低くうなった。

「では、わたしたちサイバー特捜隊はこの襲撃計画について、今後さらに具体的に考察を進めて参りたいと存じます」

　夏希と五島は黒田刑事部長に向かってそろって一礼して椅子に座った。

講堂内は静まりかえって咳払《せきばら》いの音も聞こえなかった。
芳賀管理官はあっけにとられたような顔で五島と夏希を見ていた。

# 第四章　襲　撃

## 【1】

Xデー当日の七月二〇日は朝から激しい陽光が照りつけた。

日中は三五度を超える猛暑日となったが、夜に入ってからはずいぶんと気温も下がった。

横浜市役所を出て覆面パトカーに乗り込む夏希の頬を、涼やかな潮風がなでていった。

神奈川一号横羽《よこはね》線はよく流れていた。

もちろん交通規制はなされていないが、対向車も少なかった。

県警警備部が手配した黒塗りの覆面パトの後部座席は、エンジン音もほとんど聞こえなかった。

サスペンションがよいのか、路面のギャップを拾う衝撃もかすかで、エアコンはちょうどよく効いていた。

「警視庁なら、こんな場合にぴったりの車両があるんですけどねぇ。なんせ神奈川県警《けんけい》の警備部には予算がありませんから」

小早川はわざとのように顔をしかめた。

「だけど高級車じゃないですか」

アリシアが乗る小川《おがわ》の捜査車両とは段違いだ。

「このクルマはふつうの覆面より指揮に向いている仕様になっているんですよ。僕のアイディアで改造してもらいました」

得意げに小早川は言った。

目の前のちいさなテーブル上には二台のノートPCが起《た》ち上がっている。となりには小型の液晶モニターすら設置されていた。また助手席の前のダッシュボードではいくつもの無線機が作動している。

「でも、すごいですね。小早川さん、今日の長官警備の総指揮者ですもんね」

素直な賛辞の言葉を夏希は口にした。

考えてみれば、管理官としていくつもの係を統括する小早川は、それくらいの重責を担っているのだ。

「いや、警備部の主力はギュメット総監の警護を担当してますからね。僕はいろいろ考えた上で真田さんの見解を支持しています。部内の会議では横浜北線の警備強化をおおいに主張したんです。そしたら、じゃあ長官の警備はおまえにまかせたって部長に言われましてね」

あいまいな顔つきで小早川は笑った。

小早川の言葉通り、県警警備部員の大半は横浜から東京へ戻るジルベール・ギュメット警視総監の警護にまわっていた。警察庁も警視庁もすべて横浜市役所から南麻布のフランス大使館間の経路に対する警備を重要視している。さらに三人の警視の事件によって、神奈川県内での犯行だとの見方が有力だった。横羽線みなとみらい出入口付近にはたくさんの警察官が張りついている。横羽線上空には警察ヘリも飛んでいるはずだ。

その煽《あお》りを食って、横浜市役所から新横浜駅に向かう横浜北線の警備は手薄な状況だ。長官が移動する沿道に警察官が配置されていないことはもとより、県警ヘリの姿も見えない。

現在、長官の車列では四台の神奈川県警車両が警護にあたっている。

先頭にシルバーメタリックの面パトが一台、その後に黒塗りの長官車、すぐ後ろが夏希たちが乗っている面パト、さらに後ろに二台の面パトが続く。長官車以外はすべて、県警警備部の車両だ。四台に乗っている人数は夏希たちを含めて一二名だ。

もっともこれは長官が移動するときの通常の態勢だ。

皇族や総理大臣などの移動よりはずっと手薄だ。

警察庁長官は警察内部では強大な権力を有している。だが、組織上は内閣府の外局である国家公安委員会の特別機関の長に過ぎない。

閣僚などと比べるとずっと格下となるのだ。身内の長官だけにアンバランスに重い警護をつければ、当然ながら批判の対象となる。

「伝え聞いたところによると、能勢頼亮長官自身は今日の警備態勢をまったく気にしていらっしゃらないそうです。県警の全力を挙げてギュメット総監を警護するようにとの指示が出ています」

小早川はさらっと言った。

夏希が言い出した能勢警察庁長官への襲撃計画を本気にしている者は少なかった。

たしかに警察庁長官の襲撃事件には、一九九五年の國松孝次《くにまつたかじ》長官狙撃《そげき》事件という実例がある。しかし、あれから二〇年以上経て同様の事件は発生しておらず、夏希が主張した復讐《ふくしゅう》という動機づけは重視されなかった。しかもわざわざギュメット警視総監の来日時に犯行を計画するとは考えにくいとの見解が主流を占めていた。警察幹部の間では、七月二〇日、《ディスマス》が襲うとすれば、ギュメット総監以外にはないとの判断が為《な》されていた。

「真田さんと五島さんの指摘を黒田刑事部長が信用して、今日の《ディスマス》の動きを警戒することになったのは大きな功績だと思います。ギュメット総監も能勢長官も、程度の差こそあれ、それぞれに警備態勢が取れているんですから」

小早川ははっきりした声で言った。

この面パトに夏希が乗れたのは、黒田刑事部長が本多警備部長に頼んでくれたおかげだ。

夏希は長官が襲撃されることを恐れていた。そのために、いざというとき警備責任者である小早川のそばでサポートしたかったのだ。もちろん《ディスマス》を警戒せよと言い出した責任感からでもあった。

刑事部捜査一課との連携もできていた。

これも夏希の意見を黒田刑事部長、福島一課長が信じてくれたからだ。

だが……。

「長官の移動には、このルートを使ってほしくなかったというのが正直な気持ちです」

夏希は力なく言った。

能勢長官が横浜市役所から新横浜駅に向かうルートはふたつの候補が挙げられた。

第一ルートは、国道一三三号線で横羽線みなとみらい入口から高速に乗り、東神奈川口で下りる。そこからおもに県道一二号でまっすぐ新横浜駅に向かうルートである。

第二ルートは、そのまま横羽線で生麦《なまむぎ》ジャンクションまで向かう。ここから神奈川七号横浜北線に入って新横浜出口で下りて新横浜駅へ向かうというルートだった。

五島は《ディスマス》関連と思われるＩＰアドレスが、横浜北線上の地点と思《おぼ》しき座標を発信している事実をつかんでいるのだ。だが、警備部にはこの座標も無視されたわけだ。

夏希としては能勢長官に横浜北線を通ってほしくなかった。

しかし、第二ルートは全経路一九・六キロのうちほとんどが高速道路であり、さらに五・九キロ部分が横浜北トンネルであることで、警備ポイントが大幅に少なく警護が容易であるとの意見が大半を占めた。距離は大幅に長くなるが、所要時間は一〇分ほどしか変わらない。また、県道一二号が少しでも渋滞すれば、逆転して第一ルートのほうが時間が掛かってしまう。

結果として警備部は今夜の長官移動には第二ルートを使うことを決定した。

「僕は第一ルートを使うようにずいぶんと提言したんですがねぇ。かつて六角橋《ろくかくばし》に住んでた市橋課長が強硬でしてねぇ。なにせ県道一二号は混むし、狙撃ポイントなども無数にあるって言うのですよ。現地をよく知っている人間とのディベートには勝てませんでした」

小早川は肩をすくめた。

「わたしはこのままなにもないことを祈ってます。どんなかたちであれ、襲撃などごめんです」

夏希はこころの底から無事な夜を願った。

「もちろんですとも……僕らみんなの願いですよ」

小早川は力なく笑った。

警備部を動かせなかったことが残念なのだろう。

車列は生麦ジャンクションから横浜北線に入った。
夏希の背中に緊張が走った。
長官車列は何ごともないように横浜北線を進んでいく。
すぐに車列は横浜北トンネルに入った。
背中は板のようにこわばってきた。
トンネル内にはほとんどクルマがいなかった。
五分もかからないうちに車列は馬場出入口の分岐付近にさしかかった。
地上では東横線《とうよこ》と横浜線の菊名駅《きくな》に近い場所だ。
北緯三五度五〇分東経一三九度六四分……。
そう。《ディスマス》が狙っている可能性のある地点だ。
だが、トンネル内に警備部員は配置されていない。
夏希の緊張は最高度に達した。
のどが渇く。
鼓動が速くなる。
突如、ヒュイーッというサイレンが鳴り響いた。
前方の掲示板にオレンジ色の「火災発生　避難せよ」との文字が光っている。
合成音声の女性の声が「火災発生、避難してください」とアナウンスしている。
「来たっ」

夏希は思わず叫んでいた。

異常事態が発生してからのほうが、夏希のこころは不思議なことに平静に近くなっていた。

これは《ディスマス》の罠《わな》に違いない。

だが、本当の火事である可能性もゼロではない。

いずれにしてもこのまま走行するわけにはいかない。

前の二台が道路左に寄って停まり、夏希の乗る面パトも停止した。すぐ後ろの面パトも停まった。

緊張感をあおる甲高いサイレンは鳴り続けている。

前方にはちいさな炎が見える。

クルマのベンチレーターから忍び込む煙の臭いが鼻を衝《つ》いた。

現時点では火災の規模はそれほど大きくはなさそうだ。

だが、事故車両などが爆発したら大惨事になる。

長官車とその前の面パトから何人もの黒スーツ姿の男が下りてきた。

「とにかく車外へ」

運転手の警備部員が叫んだ。

前の席のふたりは素早くクルマを離れた。

夏希、小早川の順で道路に下り立った。

対面通行ではないので、対向車はいない。

後方には数台の一般利用客のクルマが停まっている。

ここから見えない車両はさらに後方で停まったのだろう。

ハザードを出しているクルマもあってオレンジ色の光が点滅している。

夏希は能勢長官の姿を視認した。

小柄で痩《や》せぎすの能勢長官を油断なく囲んで、男たちは前に走っている。

セル縁のメガネを掛けた長官は、報道などで見た写真よりも老けて気難しげに見えた。

あたりに気を配りながらであるし、足の遅い長官に合わせての移動だから、それほどの避難速度は出ていない。

「非常口は前方一九〇メートル弱です。急いでください」

前の車両から下りた警備部員が叫んだ。

「行きましょう。真田さん」

小早川の言葉に従って夏希も走り始めた。

後方からも数人の人が走ってくる足音が聞こえる。

距離表示を見ながら走ると、一八〇メートル少しのところに非常口があった。

この非常口は変わっていた。

緑色の大きな看板に、緑色の逃げる人のアイコン「ピクトさん」とともに白文字で「非常口　すべり台式」と掲示してある。

夏希が事前に調べたところでは、このトンネルは上下二段構造になっていて、上段は車道であり、下段は避難通路の安全空間となっている。また、上段から下段への避難はすべり台を使う設計が採用されている。首都高では初の試みだそうだ。

長官と秘書役の警察官、六人の警備部員が非常口を囲んで立っていた。

ひとりの警備部員が緑色のボタンを押し、黒いトリガーを引くとカバーが開いた。

作動音がほとんど聞こえない。

電気などを使っていない方式で停電時にも作動するそうだ。

「ここから避難してください。すべり台式になっています」

先ほど誘導した警備部員が叫んだ。

この横に長い非常口から避難通路の安全空間に滑って避難するのだ。

先に三名の警察官と秘書が滑り降りた。

「長官、滑り降りて頂けますか」

誘導役の警備部員が長官を促した。

「ああ、大丈夫だ」

能勢長官は低い声でうなずいてすべり台に消えた。

あとからふたりが滑り降りた。

避難通路に長官一行を逃げさせることが、《ディスマス》の誘導だという不安を拭えなかった。だが、現実に炎や煙は迫っている。夏希たちがこの場に留まることは許されないのだ。

「さぁ、管理官と分析官も早く」

誘導役が声を張り上げた。

非常口に足を進めると、道路下の安全空間も明るい蛍光灯に照らされている。

すべり台は始まりのところにステンレスの手すりがついていて、身体を安定させられる設計になっていた。

「下りましょう。小早川さん」

「はいっ」

小早川と夏希も長官たちに続いてすべり台に身を委《ゆだ》ねた。

夏希の身体も右カーブに沿ってしゅーっと下に滑り落ちてゆく。

あっという間に夏希は安全空間にたどり着いた。

「いやぁ、意外にスムーズですね」

小早川はホッとしたような声を出した。

車道よりはかなり狭いが、それでもクルマがじゅうぶんすれ違えるくらいの幅員があった。

「地上出口はここから六〇〇メートルほどの位置にあります。火事の場合でもここには炎や煙は襲ってきません。走らなくても大丈夫です。しっかりとお歩きください」

誘導役は落ち着いた声で言った。

「助かるよ。ここのところ運動不足だからね。走るのは正直言ってつらかった」

能勢長官は低い声で笑った。

こんな事態に見舞われても長官は平常心を失っていなかった。

さすがに警察官僚のトップだけのことはある。感情は安定しているし精神力もつよそうだ。

避難通路は工事が終わったばかりのトンネルに似ていた。

コンクリートの臭いが漂っていて、ひんやりとした空気が全身を包む。

このトンネルには、岸谷生麦《きしやなまむぎ》出入口付近の子安台《こやすだい》換気所、馬場出入口付近の馬場換気所、さらに新横浜出入口付近の新横浜立坑と新横浜換気所の四箇所の地上出口が設けられている。

夏希たちが目指しているのは馬場換気所の地上出口である。

スマホを取り出して、夏希は刑事部に指示されていた番号に電話した。

「トンネル内で火災発生。長官一行とともに安全空間に避難しました。これより馬場換気所の地上出口に向かいます」

「捜一近藤《こんどう》です。了解しました。こちらも異常なし。そのまま避難してください」

聞き覚えのない男の声で答えが返ってきた。

緊張感を保ちつつ夏希は避難通路を歩き始めた。

なにごとも起こらない。

夏希はホッとしていた。

やはりただの火災だったのだろうか。

誘導役の言葉通り避難通路に炎や煙が迫ってくるようなこともなかった。

夏希たちの集団の後ろには一般市民が五名続いていた。

スーツやジャンパーにネクタイを締めたサラリーマンらしき男性が三人と、カジュアルウェアを着た五〇歳くらいの女性と、二〇歳くらいの娘と思《おぼ》しき女性の五人だった。

黙って静かに歩き続けている五人は怪しいようには見えない。

一般市民の後にはふたりの警備部員が続いている。

警察だけ先に逃げたと批判されることへの配慮に違いない。

数分歩き続けると地上出口が近づいてきた。

「あっ」

夏希は思わず叫んだ。

階段の何箇所かに黒スーツ姿の男たちが四人、隙のない身構えで立っていた。

能勢長官が階段の下まで進むと、四人はいっせいに身体を折って敬礼した。

階段のいちばん下にいた四〇代くらいの男が長官に歩み寄った。

「神奈川県警刑事部捜査一課の近藤でございます」

男は気をつけをしながら丁重に名乗った。

「どうしてここで待っていたんだね？」

けげんな声で能勢長官は訊《き》いた。

五島の情報を信じていた刑事部では、加藤の提案による福島一課長の指示で、この馬場換気所地上出口付近に捜査一課の精鋭を待機させていたのだ。非常時には夏希が緊急連絡をする係でもあった。

敵に襲撃されたら長官を守ることと犯人を確保することが目的だった。

「県警刑事部は、このトンネルで非常事態が起きたときに長官をお守りするために待機しておりました」

近藤と名乗った男は静かな口調で答えた。

「これは偶然の火災ではないのかね？」

能勢長官は首を傾げた。

そのときである。

いま歩いてきた方向からすさまじいエンジン音が響いた。

ふたつのヘッドライトがギラギラと迫り来る。

すごいスピードで近づくのは黄色く塗られたNEX東日本のトラックだった。

「まずい……」

小早川が乾いた声を出した。

荷台には顔を黒い覆面で隠したふたりの男が拳銃《けんじゅう》を構えている。

「なんだっ」

「きゃあああっ」

背後で一般市民の叫び声が聞こえた。

近藤が両足を開いてホルスターから抜いた拳銃を構えた。

バシュッ。

賊のひとりが拳銃を発射した。

「うわっ」

近藤は後ろにひっくり返った。

「伏せろっ」

警備部員の誰かが叫んだ。

夏希もあわてて身体を地面に伏せた。

ブレーキを鳴らしてトラックは停まった。

「長官をお守りしろっ」

厳しい叫び声が響く。

バシュバシュバシュッ。

銃声が安全空間のコンクリートの壁に跳ね返って立て続けに響く。

「うわっ」

「ぐおっ」

「うおおっ」

警察官たちの悲鳴が続いて響き渡る。
トラックのエンジンが咆哮《ほうこう》する。
タイヤが激しく軋《きし》む音が耳をつんざく。
「おい、待てっ」
誰かが大声で叫んだ。
エンジン音が小さくなってゆく。
夏希はおそるおそる顔を上げた。
トラックがあっという間に遠ざかってゆく。
走り去ってゆくトラックの荷台には、しゃがんで両手を上げる能勢長官の姿があった。
「くそっ、やられたっ」
誰かの悲痛な声が響いた。
五島の情報は正しかった。
《ディスマス》一味はやはりこの横浜北トンネルを狙っていた。
しかもなんと言うことだ。敵の狙いは狙撃《そげき》などではなかった。
能勢長官の略取だったのだ。
夏希はぼう然と消え去るトラックの後ろ姿を眺めていた。
「おいっ、救急要請、それから本部に連絡だっ」
小早川が叫んだ。

「一一九番に要請します」

「警備部の連絡、了解っ」

「刑事部にはわたしが連絡します」

三人の私服がスマホを手に取った。

「上に連絡してきます」

捜査一課のひとりが階段を駆け上がった。

危険が去って警察官たちはせわしなく動き始めた。

「市民の皆さん、神奈川県警です。わたしに従《つ》いて来てください」

警備部のひとりが、先立って市民を避難させようと叫んだ。

サラリーマンたちは次々に階段に急いだ。

「こわい……」

五〇歳くらいの女性は膝《ひざ》をコンクリートの路面についてへたりこんでしまった。

「ママ、早く避難しよう」

娘が懸命に促している。

「奥さん、もう大丈夫ですよ。さぁ手を貸しますから立ち上がって」

叫んだ男とは別の警察官がやさしい声で女性を助け起こした。

「とにかく地上に出ようよ」

警察官と娘に励まされて女性はよろよろと階段を上り始めた。

一般市民の避難は終わった。

「誰か負傷者を見てくれ」

悲痛な声が響いた。

「わたしは医師資格を持ってます」

夏希は叫んだ。

警備部と捜査一課で四人が銃撃を受けていた。

四人はうなり続けている。

現時点で死亡した者はいない。とりあえず夏希は息をついた。

だが、どの程度のケガかを確認するのは医師としての責務だ。

道具を持っていないので処置はできないが、傷の状態を救急隊に報告できる。

夏希は目の前で倒れている近藤に歩み寄った。

「これは……」

近藤の首の下、鎖骨の上あたりに血がにじんでいる。

「ごめんなさい、傷を見ますね」

夏希は近藤のシャツのボタンをいくつか外し、銃創の近くの皮膚をわずかにひろげて目を近づけた。

「ん？」

見たことのない銃創だった。皮膚の表面が直径二センチ程度剝《は》がれているが、真皮は露出していない。銃創の周囲には打撲のような内出血が見られる。

銃弾は真皮より奥には入っておらず、近藤の身体に当たって跳ね返されたようだ。

「ふつうの銃弾じゃない……」

ぼんやりと夏希はつぶやいた。

近藤は半身を起こそうとした。

「あ、起きちゃダメ」

夏希は手を振って制止した。

「大丈夫です……痛いだけです。それより長官をお救いしなきゃ」

完全に半身を起こして近藤は眉《まゆ》をひそめた。

「心配するな。長官を奪還するために警備部、刑事部とも動いてる」

小早川が近藤を安心させるように頼もしい声を出した。

「そうか……よかった。そうだ、分析官、鏡なんて持ってますか？」

近藤は安堵《あんど》のため息をついた。

やはり拳銃で撃たれた者とは思えない。

「鏡はクルマに置いてきちゃった。ちょっと待って」

夏希はスマホを取り出すとミラーアプリを起《た》ち上げて近藤に渡した。

「ありがとうございます」

スマホを受けとった近藤は、気丈にも自分の首の傷を子細に観察している。

「こいつはたぶん、小型のゴム弾拳銃でやられたんです。あとで鑑識が見つけるでしょうけど、たとえば、フランス製の《セーフゴム》みたいなゴム弾拳銃です。すごく威力が弱いヤツですね。射撃初心者が護身用に持つようなタイプです。そうでなきゃゴム弾でも大けがするとこでした。あいつら、俺たちを殺す気はなかったんですよ。ただ、抵抗力を奪えばよかったんだ。死なずに済みましたよ」

近藤は微笑んだ。

「歩けない者がいたら教えてくれ」

小早川が訊《き》いた。

返事はなかった。ほかの三人の受傷者もすでに立ち上がっていた。

近藤が言うように、威力の弱いゴム弾拳銃が使われたようだ。

救急搬送は必須《ひっす》ではなさそうだ。

「ちょっと傷を見せて」

夏希はほかの三人の傷も診た。

右肩、左胸、脇腹と傷は上半身に集中していた。

いずれも手術を要するほどのダメージではないと判断できた。

顔に銃撃を受けた者がいなくて幸いだった。

威力が弱いとしても、たとえば目に直撃弾を受ければ失明する危険性は高い。

状況が落ち着いたとみたか、小早川が皆の前に立った。

「警備部管理官の小早川だ。態勢を立て直さなければならない。一刻も早く長官をお助けするんだ。全員すみやかにこの出口から地上に出るぞ」

小早川は毅然《きぜん》とした表情で言った。

指揮官としての貫禄《かんろく》はじゅうぶんだった。

夏希たちは二〇〇メートルあるという階段通路を地上に向かって上り始めた。

足をケガしている者はいなかったので、歩けない警察官はいなかった。苦痛を訴える者もひとりもいなかった。

だが、彼らは痛みに耐えているに違いない。

さすがは生え抜きの警察官たちだ。

どのくらい上っただろうか。

階段の上から四人の男たちが駆け下りてきた。

先頭にいるのは織田だった。残りは捜査一課の捜査員たちだ。

織田と福島一課長たちが地上で待機している計画だった。

この配置について、夏希は福島一課長から伝えられていた。

警察庁と神奈川県警を代表して能勢長官を迎えるような腹づもりだった。

長官の脱出後をフォローし、地上の捜査車両で新横浜駅に送るのが第一目的だった。

もし犯人が地上に出てきたら確保する第二目的も持っていた。

「みんな大丈夫かっ」

緊迫した声で織田は叫んだ。

「はい、銃撃を受けましたが、威力の弱いゴム弾拳銃だったので重症者はいません」

小早川は明るい声で答えた。

「おお、小早川さん。みんな無事なんですね」

織田の顔がぱっと明るくなった。

「受傷者は四名ですが、生命に危険のある傷を受けた人はいません」

夏希は声を励まして返事をした。

「真田さん、よかったです」

織田は安堵の声を出した。

「ありがとうございます。能勢長官は？」

夏希の問いに、織田は力なく答えた。

「残念ながら敵に奪われたままです」

「そうですか」

夏希は肩を落とした。

「犯人はこの先のトンネル出口に近い新横浜換気所から地上に出たと見られます。新横浜喚気所出口付近の地下避難通路に、犯行に使われたと見られるＮＥＸ東日本のトラックが乗り捨ててありました。新横浜換気所の地上に設置された出口付近を捜査中です。ですが、敵の居場所はわからない状態です。また、県警の通信指令課から緊急配備を掛けてもらいましたが、いまのところ成果は上がっていません」

織田は冴《さ》えない表情を浮かべた。

「緊配に引っかからないとしたら、地上出口からそう遠くないところに潜伏している可能性が高いですね」

小早川は目を光らせた。

「ええ、三〇分経って緊配解除となっても見つからないとしたら、敵のアジトが近辺にあると考えられます」

織田も大きくうなずいた。

夏希の頭のなかで彼女の存在が浮かび上がった。

「トラックの荷台から長官の持ち物は見つかっていませんか？」

夏希の問いに、織田はぼんやりと答えた。

「長官のメガネが落ちていました」

「彼女の出番ですよ」

自信を持って夏希は言った。

「アリシア！」

織田と小早川は顔を見合わせて叫んだ。

夏希はしっかりとあごを引いた。

## 【2】

時刻は八時をまわっていた。

地上に脱出してから五〇分ほど経っていた。

夏希は港北区の北新横浜公園《きたしんよこはま》にいた。

犯人が逃走した新横浜換気所の隣接地である。

このあたり一帯は北新横浜と呼ばれていて、工場や企業が多いところだ。

隣接する道路には警察車両が三台連なって止まっている。

すべて刑事課の捜査車両だった。

大倉山《おおくらやま》二六三号線という名の横浜市道だが、通るクルマがほとんどない。

直線距離で八〇〇メートルほど離れた港北警察署の地域課員たちが、交通整理と人払いのために車両の前後に立っていた。

もちろん一般市民はこの警察車両がなんのために集まっているのかを知るよしもなかった。

ちなみにギュメット警視総監はフランス大使館に無事に入ったそうだ。

ホッとするが、警察庁も県警警備部も大きな見込み違いをしたことになる。

小早川は受傷した者を除く警備部員と長官秘書とともに港北署で待機している。

銃弾をくらった四名は、菊名駅近くの救急病院に念のため緊急搬送された。

夏希の見立てに大きな狂いはなく、重めの軽傷であるという診断だったそうだ。全治二週間から三週間の診断が多かったという。

港北警察署には織田も待機していた。汐留庁舎の五島から犯人に関する情報が報告された場合に対処するためだ。

潜伏している犯人が何らかの情報発信をする可能性はゼロとは言えない。

とにかく能勢長官の発見と救出は刑事部の仕事なのだ。

だが、夏希は捜査一課の捜査員たちとともにここに来ていた。

福島一課長の指名だった。もしメール等で犯人が連絡してきたときに対話する役割は夏希がふさわしいと一課長に要請された。

公園を通して、巨大な新横浜換気塔が見えている。

銀色に輝く換気塔は、スキーのジャンプ台の上部を垂直にしたような変わった形状をしている。

シルバーメタリックのライトバンが表の広い市道から公園横の道路に入ってきた。

こんな事態なのにもかかわらず、夏希の胸は大きく弾んだ。

三台の後ろにライトバンは停まった。

運転席から明るいブルーの現場鑑識活動服を着た小川祐介《ゆうすけ》巡査部長が下りてきた。

「おう、真田、大変だったみたいだな」

珍しく小川の口からねぎらいの言葉が出た。

「ありがと。もう大丈夫だよ」

夏希は明るい声で答えた。

かるくうなずくと、小川はクルマの後ろにまわってリアゲートをはね上げた。

つややかな黒いアリシアがケージからしゅるっと下りてきた。

「アリシア!」

大きな声で夏希は叫んだ。

「くうんっ」

アリシアは激しく尻尾《しっぽ》を振って夏希に向かって走ろうとした。

だが、小川はアリシアの首を抱えて、さっとハーネスをつけてしまった。

アリシアは移動をやめ、姿勢を直してしゃきっと立った。

ドーベルマンらしい精悍《せいかん》で細身の身体が美しい。

お仕事モードに入ったアリシアは、決して飛びついてくるようなことはない。

感情をしっかり抑制するアリシアを見ていると、夏希は涙が出そうになる。

「アリシア、こんな時間に大変だね」

かがみ込んだ夏希は、アリシアの頭をなでながら言った。

アリシアはふうんふうんと鼻を鳴らし続けている。

夏希が立ち上がると、アリシアは身体全体を夏希の腿《もも》から膝《ひざ》のあたりに何度も擦りつけてきた。

夏希が右手の甲を出すとアリシアはペロリとなめた。

手を返して掌《てのひら》を出すと、ふたたびアリシアはペロリとなめてくれた。

アリシアとの今日の再会のあいさつはこんなかたちで終わった。

「よかったよ。アリシアが来てくれて」

夏希はアリシアの背中をなで続けている小川に言った。

「この手のめんどうな事案じゃあ、アリシアが出ないと収まりがつかないだろう」

鼻をうごめかして小川は身体をそらした。

「真田がほめているのはアリシアだ。小川ではないぞ」

いつの間にか歩み寄った福島一課長がおもしろそうに言った。

「あれっ、一課長が臨場なさってるんですか」

小川は目を見開いた。

「こんな重要な事件はないからな」

渋い顔つきで福島一課長は答えた。

「大親分がさらわれたとは驚きますね」

かるい言葉とは裏腹に、小川の表情は硬かった。

「無事にお救いしなければ、我が神奈川県警は、日本中に恥をさらすことになる」

福島一課長は暗く重い声で答えた。

白いスモークを窓に張り巡らせたライトブルーのマイクロバスが入ってきた。

「おお、SISが来たな」

福島一課長は一転して明るい声で言った。

SIS……すなわち捜査一課の特殊捜査係である。

第一係は誘拐・立てこもり事件のエキスパートで日夜厳しい訓練を続けている。

マイクロバスのSIS指揮車は、ルーフ上にアルミの大きなラックと数本のアンテナを備えている。内部には各種の通信機器やPCが設置されていた。

続けて紺色に塗色された中型パネルトラックが入ってきた。

突入の際に使う梯子《はしご》や照明器具、ファイバースコープなどさまざまな資材を積載した機材運搬車である。

指揮車と機材運搬車は小川のライトバンのすぐ後ろに停まった。

指揮車の助手席から紺色の活動服に黒いタクティカルベストをつけ、黒キャップをかぶった背の高い女性が下りてきた。

「彼女が来てくれた……」

明るい気持ちで夏希はつぶやいた。

班長の島津《しまづ》冴美《さえみ》警部補だ。

鼻筋が通った卵形の小顔に切れ長の両眼と引き締められた薄めの唇に、つよい意志の力を感ずる。

引き締まった肢体が美しい。ピューマとかジャガーとかチーターとか、そんなネコ科の猛獣を連想する凛々《りり》しさを持っている。

少し歳上の冴美とは何回かの事件を一緒に解決するなかで、すっかり打ち解ける仲となった。

つよさとやさしさを兼ね備えた素晴らしい女性だと思っている。

さらに数人の隊員が次々に下りてくる。彼らは防弾バイザー・シールドのついた黒い防弾ヘルメットをかぶっている。すごく精悍でスパルタンな雰囲気だ。

隊員たちは副班長の青木《あおき》巡査部長をはじめ知っている顔ばかりだった。

冴美が先頭を歩き、二列の隊伍《たいご》を作って隊員たちが整然と歩いてくる。

公園に入った冴美は福島一課長の前に立った。

背後に六人の隊員が、さっと横一列に並んだ。

「特殊捜査第一係第四班現場到着《ゲンチャク》致しました」

姿勢よく立って冴美は挙手の礼をした。

背後の隊員たちもいっせいに敬礼する。

彼らにとって福島捜査第一課長は、直属の上司である特殊捜査第一係長のそのまた直属の上司だ。

「ご苦労さま。重大任務だ。君たちの力に期待している」

重々しい声で福島一課長は言った。

「ご期待にお応《こた》えできますよう力を尽くします」

張りのある声で冴美は答えた。

「犯人の目的がわからん。長官がご無事なのか心配でならんのだ」

苦々しげに福島一課長は言った。

「私見ですが、長官を害するつもりならば、トンネル内で狙撃《そげき》していたはずです。危険を冒して略取したからには、すぐに危害を加えることはないと思量します。失礼な言い方ですが、なんらかの方法で長官を利用しようとしているのだと思います。真っ先に考えられるのは身代金目的ですね。億単位の金額を要求してくるかもしれません」

力ある声で冴美は言った。

説得力のある意見だと夏希は思った。

「たとえ一億円でも五億円の要求であろうとも、そうであってほしい」

福島一課長は祈るような声で天を仰いだ。

「危険なのは救出の瞬間です。犯人が追い詰められて自暴自棄になると、長官にどんな危害を加えるかわかりません。犯人の潜伏先がわかっても、わたしたちが包囲したことを突入のギリギリまで知られたくありません。マスコミ対応はどうなっていますか？」

気遣わしげに冴美は訊《き》いた。

「横浜北トンネル内の銃撃事件は、被害者の五名の一般市民の方にお願いして黙ってもらっている。五名の市民は警察に協力的な態度をとっている。炎と煙は小型の時限発火装置によるものだった。もちろん犯人が仕掛けたものと思われ、現在、科捜研で解析している。だが、悪質なイタズラとして威力業務妨害罪で捜査中と発表してある。世間は能勢長官の事件を知らない。略取された事実は警察職員以外から漏れることはない」

福島一課長はきっぱりと言った。

「では、この付近にマスコミが押しかけたり、上空をヘリが飛び回ったりすることはないのですね」

「ないと言っていい」

福島一課長の声は力づよく響いた。

「犯人たちがテレビなどをチェックしている可能性もあります。とにかく、警察がこの付近を捜索している事実が犯人に伝わらないように留意したいです」

冴美の言葉に福島一課長はしっかりとうなずいた。

「あとで黒田刑事部長に連絡して、警備部と協働して警察組織内の箝口令《かんこうれい》を徹底しよう」

「よろしくお願いします。それで潜伏先について何らかの情報は入っていますか」

福島一課長は難しい顔で答えた。

「残念ながらなにひとつ入っていない。逃走する犯人たちについての目撃情報もない。だが、緊配を掛けたがヤツらは網に引っかからなかった。しかも近隣署にも指定署配備を掛けたにもかかわらずだ。襲撃地点の位置も計画的に決めていたと思量されるので、まずは港北署管内、しかもこの新横浜換気所周辺の可能性がきわめて高い」

考え深げに福島一課長は言った。

「わたしも同じ考えです。この近辺にアジトを構えている確率は高いと思います」

「現時点ではアリシアの嗅覚《きゅうかく》が頼りだ。ところが長官の匂いの資料であるメガネが届いていない。手違いで特捜本部の設置されている神奈川署にいってしまった。まもなく到着するだろうが……」

福島一課長は眉根《まゆね》を寄せた。

「では、わたしたちはアリシアと一緒に活動開始ですね」

やわらかい声に変わって冴美は言った。

「そういうことになる。頑張ってくれ」

いくらか明るい声で福島一課長は言った。

「了解しました」

冴美はかるく一礼して福島一課長のもとを離れた。

「冴美さん、お疲れさまです」

夏希は小走りに冴美に駆け寄った。

「真田さん、ご無沙汰《ぶさた》しています」

凜々しい顔をほころばせて冴美は笑った。

「重大な任務ですね」

夏希は福島一課長が口にしていた言葉で冴美をねぎらった。

「ありがとう。でも、どの任務も重大よ。人質の生命が掛かっているのですから」

冴美はやさしく微笑んだ。

さすがだ。人の生命に軽重はない。医師も同じ考えで仕事をしている。

「資料はいつになったら来るんだよ。アリシアが働けないじゃないか」

近づいてきた小川が不満げに言った。

美女に相手にしてほしくなったのかと、夏希は内心で笑いをかみ殺した。

「小川さん、お疲れさまです」

冴美は明るい声であいさつした。

「鎌倉んときにはお世話になりました」

照れ笑いを浮かべて小川は頭を下げた。

「いえいえ……アリシアちゃん、こんばんは」

冴美はかがみ込んでアリシアの頭をなで始めた。

アリシアはおとなしく頭をなでられている。

手を離しても、視線をそらしてもアリシアは冴美をじっと見つめている。

大きい声では言えないが、さっきから福島一課長やほかの捜査員にアリシアはほとんど顔を向けていない。

「ねぇ、アリシアは冴美さんのことが好きみたい」

夏希は冴美に告げた。

「あらほんと？」

冴美は小首を傾げた。

「ええ、あなたのことずっと見てるもの」

夏希は微笑んで言った。

「嬉《うれ》しい」

冴美は目を輝かせた。

「アリシアちゃん、仲よくしようね」

冴美はアリシアのマズルのあたりをなで回している。

後方で遠目に見ていた隊員のひとりが口を尖《とが》らせた。

「班長さ、あの千分の一でも俺たちにやさしくしてくれないかなぁ」

「おい、班長がやさしくし始めたら、おまえはうちの班から放り出される予兆だぞ。班長はドSだから、かわいい隊員ほどいじめるんだよ。いじめられなくなったら班長の愛が消えたと思え。アリシアは別みたいだけどな」

青木副班長のつまらないギャグに隊員たちは声を立てて笑った。

久しぶりに見る青木副班長の顔もほがらかだ。

冴美は青木に向かってわざと怖い顔をして見せた。

いつも思うのだが、生命《いのち》がけの現場に向かう前のＳＩＳの隊員たちは実に明るく陽気だ。

精神的に強靱《きょうじん》で、感情の抑制ができなければ務まらない任務なのだろう。

隣接する市道に一台の覆面パトカーがかなりの速度で入ってきた。

ひとりのスーツ姿の捜査員が助手席から駆けだして、福島一課長に一礼して叫んだ。

「お待たせしました。資料をお持ちしました」

「ああ、ご苦労さん」

福島一課長は明るい顔で答えた。

証拠収集袋を手にした捜査員は小川が立つ場所に駆け寄った。

「おい、小川、これが長官のメガネだ」

捜査員は証拠収集袋に入った茶色いセル縁のメガネを渡した。

たしかにトンネル内で目にしたメガネだった。

「待ってたよ。これでアリシアも仕事できる」

「じゃあ、俺は特捜本部に戻るから」

「ああ、ありがとうな」

小川は右手を上げて礼を言った。

「失礼します」

福島一課長に一礼して捜査員は去った。

「では、アリシアに仕事してもらうか」

ゆったりとした調子で福島一課長は命じた。

「おまかせください」

小川は張り切って答えた。

いまはアリシアも福島一課長の顔を見上げている。

拝命しているつもりなのだろうか。

「わたしは現場観察のためにアリシアに従《つ》いていきます」

冴美は福島一課長をまっすぐに見て言った。

「そうだな、それがよいだろう」

福島一課長はうなずいて微笑んだ。

「わたしも一緒に行きたいのですが……」

申し出ながら夏希は気が引けた。

もし、犯人からメールやメッセージが入ったら、対応するのが夏希の役割だ。

だが、いまはアリシアと行動をともにしたかった。

アリシアとは久しぶりに会えた。一緒にいたかった。

犯人への対応はこの公園でなくともできる。

しかも現在はなにひとつ仕事がないのだ。

福島一課長に拒否されたら、すぐにあきらめるつもりだった。

「仕方ないな。もっとも犯人は一度も接触してこないのだから、今後も意思疎通は難しいかもしれんな」

渋い顔で福島一課長は許した。

「わたしは現場観察のためにアリシアに従いて行きます。青木、留守の間を頼みます。なにかあったらすぐに連絡を入れます」

毅然《きぜん》とした声で冴美は命じた。

「了解です」

青木は歯切れよく答えた。


【3】


小川とアリシアは北新横浜公園を出た。夏希と冴美もあとに続いた。

ドーベルマンと鑑識と特殊捜査係とスーツの夏希……誰かが見たら不審に思う組み合わせだ。だが、このあたりは夜間はほとんど人通りがないようだ。人影を見かけることはなかった。

アリシアの先に立った小川は、犯人が逃走した新横浜換気所の出口付近まで足を進めた。

新横浜換気塔の西側に独立して建つ細長く小規模な建造物に出口がある。

すぐ横には歩道と幅員の狭い一方通行の車道が通っている。

出口のすぐ近くで小川はかがみ込んで証拠収集袋から白手袋でメガネをつまんで出し

た。

「よし、アリシアこの匂いだ。よく嗅《か》いでくれ」

小川はメガネをアリシアの鼻先に持っていった。

両目を見開いたアリシアは鼻をメガネに近づけしばらく嗅いでいた。

「わんっ」

アリシアはひと声吠《ほ》えた。

「よし、わかったな。この匂いを探すんだぞ」

小川がかるく背中に手を当てると、アリシアは鼻先をアスファルトにつけて地面の匂いを嗅ぎ始めた。

「うわんっ」

出口を出てすぐのところで、アリシアは小川をちょっと振り返って得意げに吠えた。

「やった！」

小川が叫んだ。

「やったね」

夏希は指をパチッと鳴らした。

「アリシア、見つけたのね」

冴美も弾んだ声を出した。

「よし、そのまま匂いを追いかけるんだぞ」

小川はやさしい声で指示を出した。

夏希は最近、不思議に思っている。

アリシアはもとはスウェーデンで訓練を受けた地雷探知犬だ。

カンボジアで活躍していたが、地雷の爆発で右目がほとんど見えない。

初めて会った頃のアリシアはスウェーデン語の命令だけで動いていた。

だが、最近、小川はスウェーデン語をほとんど口にしない。

どうやらアリシアは日本語をずいぶんと覚えたらしい。

小川のきめ細かな愛情の力で、言葉を聞かなくても状況を把握して動けるようになったのかもしれない。

アリシアは南側にある横断歩道を渡って一方通行路の反対側の歩道まで進んだ。

続いて、鼻先を逆に持っていって北側へと進み始めた。つまりUターンしたのだ。

ところが、五メートルほど進んだ地点で、アリシアの歩みが止まった。

「くぅーん」

悲しげにアリシアはひと声鳴いた。

「ここから見つからないか」

小川は不安そうな声を出した。

夏希は人質となっている能勢長官が、この場所からクルマに乗せられなかったことを祈った。

クルマなどで移動してしまうと、アリシアは匂いを追いかけることができなくなる。

しばらくしてアリシアは道路脇のフェンスに鼻を突っ込むようにして匂いを嗅ぎ始めた。

夏希は気づいた。

「ねぇ、このフェンス、壊されてるよ」

歩道脇に続く高さ一メートルほどの黒いスチールフェンスは上下に分かれている。

その六枚目の下半分に損壊の跡があった。ペンチかワイヤーカッターで三方向が切られているのである。

「ほんとだ」

冴美は言うが早いか、その下半分を上方にまくり上げた。

腹ばいになるか、屈《かが》むような姿勢を取れば通り抜けられる。

「アリシア、どうだ？」

小川は冴美のまくった部分にアリシアを近づけた。

「わんっ」

アリシアはしゅるるっとフェンスをすり抜けた。

ここは高架道路の真下で、とくに利用されていない空地になっていた。

夏希たちもそれぞれ工夫してフェンスをすり抜けて空地に入った。

空地を反対側まで進むと、こちら側のフェンスには横開きの扉を持つ開口部があった。

夏希が手を掛けると、扉は簡単に開いた。

目の前には高架道路脇の一方通行路が通っている。空地の向こうの新横浜換気所の出口前の道路と対になって高架道路の側道となっているようだ。

歩道の向こうには壁が薄茶色の真新しい会社の建物があった。《新北横浜エストス》という看板が出ている。なんの会社かはよくわからない。

アリシアは一方通行路を北へ進み始めた。一方通行路の右側は高架道路で、左側は緑色の防風・目隠しネットで囲まれた農業施設だった。

ネット内には野菜が植えられている露地の畑と五棟のガラス張り農業用ハウスがあった。

農業施設の隣には、三角屋根を持つ薄いグレーの小波スレート壁の建物があった。

正面の右手にあるグレーの二連スチールシャッターは閉まっていて、この面に窓は二箇所しかない。

倉庫ではなく、なにかを生産する小規模な工場のようだ。

会社名を示すような看板があるが、文字は白ペンキで潰《つぶ》されている。

アリシアはこの建物の前で歩みを止めた。

「おっ」

小川は短く叫ぶと、夏希たちに向かって唇に人差し指を当てた。

鼻を地面につけたまま、アリシアは建物の右脇に進んだ。

左側には高所窓と低い位置の窓がそれぞれ二箇所と、スチール製の白っぽい通用口ドアがあった。

通用口のドアの横でエアコンの室外機がうなっている。

電灯は一切点《つ》いていないが、少なくとも電気は生きている。

建物内に人がいる可能性も高い。

建物の前はコンクリートの駐車場だが、クルマは駐《と》まっていなかった。

アリシアはドアの前で地面を何度も嗅いでいる。

「わんっ」

振り返ったアリシアは小さく鳴いて小川の顔を見た。

小川は力づよくうなずいた。夏希たちを手まねで建物から遠ざけて《新北横浜エストス》の前まで歩かせた。

「アリシアが見つけましたよ。さっきの工場に長官はいます」

小川が勝ち誇るような声を出した。

「すごい!」

冴美は声を抑えて叫んだ。

「さすが、アリシア。まだ一五分くらいしか経ってないよ」

夏希も喜びを隠せなかった。

「ちょっと写真を撮ってくるね」

冴美はかろやかな足どりで工場の方向へ走っていった。

戻ってくるなり冴美は言った。

「こちらの《新北横浜エストス》の駐車場をお借りしましょう」

この会社には農業施設側に広い駐車場があった。柵《さく》もないので自由に出入りできる。いまはトラックが二台しか駐まっていない。

駐車場の端に通用口があった。

冴美は呼び鈴を何回も鳴らしたが、反応はない。

建物の灯《あか》りはすべて消えていた。

看板に表示された番号に電話をかけても会社側とは連絡がつかなかった。

結局、冴美は会社には無断で駐車場を借りることに決めた。

福島一課長と青木副班長に電話を入れると、数分後には指揮車と機材運搬車がゆっくりと姿を現した。

指揮車からは青木副班長以下六名の隊員が下りてきて整列した。

「青木、現場はあの農業施設の北隣のスレート壁の工場らしき建物です」

冴美がスマホを取り出すと青木は真剣な目で液晶画面に見入った。

「南側、つまりこちら側に五箇所。高所窓が二箇所と低い位置の窓が二箇所、さらに通用口のドアです。ドアには窓等はなし。東側には三箇所。低い窓が二箇所とシャッターの閉まった入口です。北側には四箇所。低い窓が二箇所と高所窓が二箇所です。開口部はぜんぶで一二箇所よ」

さっき冴美が撮った写真が次々に映し出される。

「低い窓はすべて格子が入ってますね……切り落とすのは時間が掛かるし音が出るなぁ」

青木は眉根《まゆね》を寄せた。

「そうね、ハシゴを掛けて南北の高所窓から突入するしかないでしょ。もちろんハーネスの装着とロープの使用は必須《ひっす》です。問題は暗視ファイバースコープの挿入口ね」

物思わしげな顔で冴美は言った。

「班長、これ換気口じゃないですか」

青木はグローブをはめた手で、建物の左端に写っている円形の金属パーツを指さした。

「あら、こんな端にあるのね。ここから挿入できるわね。南側にあるのだから、北側にもあるでしょ。いずれにしても換気口から挿入しましょう。配置につく前にとにかく内部のようすを確認します。ファイバースコープの映像はこちらにも送りなさい」

たしかに内部の長官の位置を確認できなければ、突入は不可能だ。

「もちろんです」

青木はしっかりとあごを引いた。

「低い窓の鍵《かぎ》が開いていても、触らないほうが無難です。犯人に気づかれるおそれがあります。では、配置を言う。南側五名、北側に一名を配置する。南側の高所窓から二名が突入し音響閃光《せんこう》弾を使用する。このうち一名は川藤《かわふじ》に命じます。北側の一名は必要に応じて高所窓から援護射撃。射撃の腕がいい小出《こいで》を配置して。ただし、マルタイを保護するまで天井への威嚇射撃以外は許可しません。青木たち三名は南側の通用口の鍵を破壊して突入。青木は突入後、ただちにマルタイの保護にむかうこと。以上が突入計画の概要です」

冴美は淡々と突入計画を説明した。マルタイは「身辺保護対象者」の略称で、この場合には能勢長官を指している。

「了解です」

張り切った声で青木は答えた。

「では、全員、現場に急行しなさい」

青木は挙手の礼で答えてほかの隊員たちのところに戻った。

夏希と冴美は指揮車のドアステップを上った。

小川とアリシアは駐車場で待機することになった。

蛍光灯で明るい車内の右側の壁には、いくつもの液晶モニターが起動していた。

PCの画面が出ているものもあるし、各種のカメラやファイバースコープのモニターとなるものに違いない。さらに夏希にはよくわからない無線機などがいくつも並んでいた。

指揮車には福島一課長が乗っていた。

「アリシアがまたお手柄だな」

福島一課長は感心したような声を出した。

「まず内部を確認する必要があります」

冴美は厳しい顔で答えた。

「犯人が万が一逃走した場合に備えて、建物のまわりに遠巻きに捜一強行犯の連中を配置する。五名がパトカーを使わずに北新横浜公園からこちらに移動中だ。とにかく、長官の救出を最優先にしてくれ」

福島一課長はつよい口調で言った。

「了解しました。犯人はこちらの動きに気づいていないと思われます。また、職業的犯罪者との情報を得ておりますので、説得に努めるのは得策とは思えません。突入して長官を保護する方向で進めたいのですがよろしいでしょうか」

慎重な言葉を選んで冴美は尋ねた。

「島津くんの判断を支持する。いままでの経緯から説得に応ずる連中とは思えん。かえって犯人に逃走の機会を与えるだけだろう。突入を許可する」

福島一課長は重々しい調子で答えた。

「ありがとうございます」

冴美は深々と頭を下げた。

「青木から前線本部、入感どうですか？」

スピーカーから青木の声が聞こえた。

「メリット5で突入感中。最初に全隊員に言います。今回の突入はマルタイの救出保護が目的です。マルヒの確保は付随的な目的に過ぎません。マルタイの保護が終了するまで天井への威嚇射撃以外は許可しません」

とりわけて厳しい声で冴美は言った。

マルヒは「被疑者」の略称だ。

何人もの声で「了解」と返事があった。

「ファイバースコープを南側換気口から挿入せよ」

液晶モニターに緑色のぼんやりした光が浮かんだ。赤外線暗視スコープの特徴だ。換気口のなかをカメラが通っているのか、なにが写っているのか判然としない映像が動いている。

やがて室内が映し出された。

フォーカスが合った。

「あっ！」

夏希は叫び声を上げた。

アリシアの能力はたしかだった。

緑色の世界に四人が映っている。奥のひとりは能勢長官で間違いない。

「室内の状況を確認しました」

「状況を報告せよ」

「マルヒは男性二名に女性一名。室内の中央あたりで飲酒をしている模様。北側の壁近くにマルタイを確認」

「マルタイの状態を報告せよ」

「身体にわずかですが動きがあります。マルタイは生存している模様」

青木の声は明るく響いた。

「ご無事か……」

福島一課長はほっと息を吐いた。

「では、全員配置につきなさい」

冴美は重々しく言った。

「了解。配置につきます」

青木の声が途絶えた。

モニターの男女は缶ビールを手にしている。誰もがTシャツ姿だ。年かさの口ヒゲ男は夏希が《オージーヒート》で会ったカワムラのように見える。

しばらく無線連絡はなかった。

「北側、小出です。配置につきました」

「小出、高所窓を銃撃に必要なだけ開いて銃口を室内に向けなさい」

「了解……室内に向けました」

「青木です。南側五名、全員配置につきました」

青木の声は冷静だった。

「了解」

冴美は福島一課長に向かって言った。

「突入準備完了しました」

冴美の額に汗が滲《にじ》んでいる。

この瞬間に緊張しない者はいない。

夏希ののどはカラカラに渇いていた。

「よし、突入だ」

福島一課長は静かに言った。

「突入！」

力強い声で冴美は命じた。

スピーカーからボワッという音が聞こえ、続いてキーンという耳障りな高音が鳴り続けた。音響閃光弾が炸裂《さくれつ》したのだ。

銃の発射音が幾重にも聞こえる。

閃光弾のせいか、モニター画面映像は不鮮明で状況が把握できない。

またも銃声が響く。撃っているのがＳＩＳなのか犯人たちなのかも判然としない。いたたまれない気持ちが夏希を襲った。

夏希は冴美の横顔をそっと見た。

こんな緊張感を日頃から味わうとは、なんとストレスフルな仕事だろう。

だが、冴美の表情は平静そのものだった。眉《まゆ》ひとつ動かさないというのはこういう状態だろう。

「マルタイ無事に保護しました！」

青木の明るい声が響いた。

「よっしゃ」

福島一課長が両手を打った。

「マルヒ二名を確保」

別の隊員の中音の声が聞こえた。

「マルヒの男一名、シャッターを開けて南側に逃走しました」

緊張感のある声で報告が入った。

「なんですって！」

冴美の顔はこわばっていた。

あっというまもなく、冴美は指揮車を飛び出していった。

夏希も反射的にあとを追った。

「ああっ」

目の前の道路をひとりの男が全力疾走してくる。

カワムラだ。右手に拳銃《けんじゅう》らしきものを持っている。

目を見開き歯を剝《む》き出したすさまじい形相だ。

「止まれっ、止まらないと撃つぞっ」

後ろからスーツ姿の男たちが追いかけてくる。

先頭を走るのは織田を逮捕した矢部警部補だった。

「止まらないかっ」

もう一人も叫んだ。

だがふたりは発砲しなかった。

「おいっ、ダメだぞっ」

小川のあわてた声が聞こえた。

アリシアがしゅるりと飛び出した。

ハーネスを揺らしながらアリシアはカワムラに迫った。

一目散にカワムラに飛びかかる。

「帰ってこい。アリシアっ」

小川の悲痛な声が響き渡った。

カワムラはアリシアに銃口を向けた。

走りながらでも撃つつもりだ。

「いやっ」

夏希は頰に両手を当てて叫んだ。

心臓が破裂しそうだ。

「うおんっ」

アリシアはひと声吠《ほ》えると、一メートル近くを飛んだ。

そのままカワムラの左腕に噛《か》みつく。

「うわっ」

カワムラは叫び声を上げて左手を振った。

右手の拳銃は地面に転がる。

あわてて拾おうとする隙をアリシアは見逃さなかった。

素早くカワムラのくるぶしに噛みついた。

「うぎゃあ」

アリシアはカワムラのくるぶしに食らいついて離さない。

「ぐえええっ」

痛みに耐えかねたか、カワムラは前のめりに倒れた。

追いかけてきたふたりの捜査員が背中から次々に覆い被《かぶ》さった。

アリシアはさっと身を引いた。

手錠が掛かる金属音が響いた。

「マルヒ、確保しましたっ！」

手錠を掛けたカワムラの手を高く上げて矢部が晴れ晴れしく叫んだ。

「ガッデム！」

カワムラは憎々しげに地面にツバを吐いた。

「アリシア……」

夏希はぼう然とした声で呼びかけた。

アリシアはトコトコと夏希の膝《ひざ》もとにやってきた。

「アリシアのバカ……」

夏希はアリシアの首を抱いた。安堵《あんど》のあまり涙があふれ出た。

「ふうん」

耳もとでなぐさめるようなアリシアの声が聞こえた。

「心臓が止まるかと思ったぜ……」

小川が震える声で続けた。

「ったく、あんまり心配させないでくれよ」

小川は夏希が抱いているアリシアの頭をかるく叩《たた》いた。

よく見ると、小川の瞳《ひとみ》も潤んでいた。

「くぅん」

アリシアは首を伸ばして小川の脇腹のあたりに鼻をくっつけた。

しばらくすると青木たちに介助されて能勢長官が現れた。

足もとはふらついているが、大きな健康被害はなさそうだ。

さすがに憔悴《しょうすい》している顔つきだ。

「ああ、あんたはたしか福島さんだな」

能勢長官は足を止めて福島一課長の顔を見た。

「はい、神奈川県警刑事部捜査第一課長の福島でございます。ご無事でなによりです」

福島一課長は丁重に名乗って頭を下げた。

「特殊の隊員たちは非常によい動きをしていたよ」

「お褒めにあずかり光栄です。こちらが特殊の責任者です」

福島一課長はかたわらにいた冴美を紹介した。

「捜査一課特殊第一係の島津と申します」

冴美は微笑みを浮かべて名乗った。

「そうか、女性か。いやありがとう」

能勢長官はしっかりと頭を下げた。

「君はトンネルでも警護に就いてくれてたね」

能勢長官は夏希の顔を見つめて言った。

「サイバー特捜隊の真田です」

夏希が名乗ると、能勢長官は首を傾げた。

「サイバー特捜隊？　ああ、織田くんの部下か。いろいろ世話になった」

途中から納得したように能勢長官は言った。

「わたしは医師資格を持っております。お脈を取りましょうか」

夏希の申し出に能勢長官は静かに首を振った。

「いや、大丈夫だ。ケガはしていない」

「本当にお疲れさまでした」

夏希がこころを込めて言うと、能勢長官は静かにあごを引いた。

「長官。救急車が来るまでうちのマイクロバスでお休みください」

福島一課長があたたかい声音で誘《いざな》った。

「ああ、そうさせてもらおうか。さすがに疲れた。少し休みたい」

ほっとしたためか能勢長官はよろけた。

「大丈夫ですか」

夏希が支えようとすると、能勢長官はかるく手を振って制した。

能勢長官は精神力で身体を支えているのかもしれない。

どれほど精神的に痛めつけられたことだろうか。

本人にはなにひとつ罪はないのに……。

夏希は痛ましい思いで能勢長官の顔を見た。

「どうぞこちらです」

福島一課長に案内されて能勢長官は去った。

続けて捜査員がひとりの若い女を連行してきた。

「あなたは《オージーヒート》の……」

日曜日に《オージーヒート》に行ったとき最初に出てきた店員だ。「あたし土日だけのバイトなんです」と言っていた若い女だった。この女もカワムラの一味だったのか。

「ふんっ」

女は鼻息荒くそっぽを向いた。

「あの工場はもともと自動車整備工場だったんですね。問題のタクシーも隠してありましたよ。ヴァーミリオンって言うんですが。たしかに赤みのつよい濃いオレンジ色でした。まさに『隠し砦《とりで》の三悪人』でしたよ」

青木が眉《まゆ》をひょいと上げてひょうきんな笑みを浮かべた。

数台のパトカーや救急車のサイレンが近づいてきた。

終わった、なにもかも……。

夏希の胸に静かな感慨が湧き上がってきた。

今夜はお気に入りのバスソルトをたっぷり入れたお風呂《ふろ》に入って、とびきりのスプマンテを開けて、最高に楽しい映画を見て……やっと日常が戻ってくる。

吹き抜ける夜風がほてったこころと身体に心地よかった。

## 【4】

次の土曜日。織田の慰労会が横浜中華街で開かれた。

横井や山中はもちろん、サイバー特捜隊の全員と神奈川県警の何人かが出席して盛大な会となった。

黒田刑事部長と福島一課長はあえて出席しなかったが、多額の芳志を出席者に託した。

たまたま横浜市内に住んでいる出席者も少なくなく、そうでなくとも中華街に行きたいという意見の人も多かったので横浜での開催となった。

横浜駅近くのカフェレストランで開かれた二次会にも七割くらいの参加者が残った。

三次会は、みなとみらい六丁目のおなじみ《帆　ＨＡＮ》だった。

夏希はむろん三次会にも参加した。

いつものようにマスターは貸切にしてくれた。

今夜はソフィスティケーテッドなピアノトリオの演奏が流れている。

メンバーはぐんと減って、夏希と織田のほか、小早川と五島、加藤、小川、さらに冴美という珍しい取り合わせとなった。

「しかし、上杉さんはどこに行っちまったんだろう」

シングルモルトをチビチビやりながら加藤が言った。

「やっと連絡つきました。なんだか山登りに行っていたみたいです」

夏希は不満をはっきり口に出した。

一次会、二次会でいろいろな酒を飲んだので、けっこう酔いが回っている。

「あいつの力なんて借りなくても、みんなで僕を救ってくれたじゃないか」

赤ワインを傾けつつ織田は口を尖《とが》らせた。

お気に入りの《シャトー・モンテュス ドメーヌ・アラン・ブリュモン》というワインだった。いつかマスターが紹介してくれたACマディランの一本だ。

「なんか、織田さんっていつも上杉さんと張り合ってますよね」

なんだかおかしくなって、夏希は声を立てて笑った。

「張り合ってなんかいないですよ」

織田は頰をふくらませた。

「いいライバルだと思いますよ。織田さんと上杉さんの関係けっこう好きだな」

織田と同じワインを飲んでいる冴美はふふふと笑った。

「僕はお会いしたことないんですよ。一度会ってみたいなぁ」

五島がまじめな顔で言った。

「いや、別にたいした男じゃないよ」

相変わらず織田は上杉の話をするときには素っ気ない。

「そんなことありませんよ。織田さんも上杉さんも、とても素晴らしい方ですよ」

冴美はまじめな顔で言った。

彼女をまぶしそうな顔で見ていた小早川が口を開いた。

「ところで、今回の事件のことですけど……僕のところにはあんまり詳しい情報が入ってこないんですよ。とくに《ディスマス》についての情報はほとんどわからないんです」

小早川はおもしろくなさそうに言った。

「本当かよ。小早川さんは偉いんだから、情報は入るだろう？」

加藤が不思議そうに訊《き》いた。

「なにせギュメット警視総監の警護に全力投球しちゃったら、能勢長官が略取までされちゃった。この点では真田さんの勝利でしょ。奪還は島津さんのお手柄です。警備部は三人がケガしただけでなんにもいいとこないんですよ。警備部全体が今回の件はなるべく忘れようとしているような感じなんです。とくに真田派だった僕は嫌われているようです」

小早川の不満を解消しようとしてか、織田がゆっくりと言った。

「まぁ、事件は皆の力で解決したんですから」

「そうそう、小早川さんも大活躍でしたよ」

夏希の言葉にいくらか気をよくしたように小早川が口を開いた。

「ただ、実行犯のふたりについては明らかにできました。あの北新横浜の工場で逮捕されたのは三人ですが、リーダー格の日系アメリカ人のジェームス・カワムラは合衆国海軍の特殊部隊出身で金のためならなんでもやる男なんです。もうひとりのリチャード・クォンは韓国系アメリカ人で傭兵《ようへい》上がりらしいけど、出身はよくわかりません。この男も裏仕事で生きてきたろくでなしです」

小早川は吐き捨てるように言った。

「実は《オージーヒート》で僕についてインチキな証言をしていた客の中江というのは、リチャード・クォンだったんです」

織田が顔をしかめた。

「そうだったのか。しかしよく警察で外国人とバレないナチュラルな日本語を身につけてたな」

加藤は驚きの声を上げた。

「その点は不思議ですね。ふたりはかつて日本で育った時代もあるようですが、軍隊などで訓練を受けたのかもしれませんね。カワムラとクォンは裏世界に通じているので、偽造免許なども入手できるルートがあるようです。このふたりが横浜北トンネルで、NEX東日本から盗んだトラックの荷台からゴム弾銃をぶっ放したんですね。ゴム弾を使ったのは、長官さえ奪取できれば警官は殺したくなかったからだと言ってます。警官を殺すと合衆国では捜査が非常に厳しくなることが多いそうです」

考え深げに織田は言った。

織田はカワムラとクォンの取調についての情報を刑事部から得ている。

「あのときは本当に恐ろしかったですよ」

あの場面を思い出したかのように小早川はぶるっと身を震わせた。

「で、そのときトラックを運転していたのが張若汐《チャンルオシー》という女です。この女はカワムラがニューヨークで拾ってきたって言っているのですが、所持していたパスポートも偽造で、彼女が何者かはこれからの捜査で明らかになると思います」

織田の言葉に、あの若い女が連行されたときのふてぶてしさを夏希は思い出した。

「ニセタクシーはどうやって作ったんだろう？」

腕組みをして加藤が言った。

「あれはカワムラが暴力団などの下請けをしている自動車整備工場の職人を雇って監禁現場の工場で改造させたそうです。あの晩のタクシーの運転手役はクォンでした」

不愉快そうに織田は答えた。

「カワムラたちと《ディスマス》との関係はどうなっているんですか？」

小早川が身を乗り出して訊いた。

「犯罪のプロであるカワムラに《ディスマス》からの接触があったんですよ。下請けを探してたんでしょう。名前がわからないので仮にXとします。日本人の男性だとカワムラは言っていますが、正体はわかりません。このXから半年ほど前に接触があって、能勢長官を略取する仕事をもらったそうです。報酬はアメリカドルで一〇〇万ドルだったそうです」

織田は淡々と言った。

「一〇〇万ドル！　一億円を超えるじゃないですか」

小川が目を丸くした。

「先払いで三〇万ドルもらっていて、さまざまな準備の資金としていたそうです。《オージーヒート》を借りる資金とか、あの工場を借りる資金とか……」

「能勢長官を略取してどうするつもりだったんですかね」

小川が興味深げに訊いた。

「日本政府を脅して身代金を稼ぐつもりだったんじゃないかとカワムラは言ってますけど、はっきりしません。とにかく、約束の日にXの部下が長官の身柄を預かることになっていたそうです」

織田は淡々と答えた。

「六つのディープフェイク動画を作ったのは誰なんですか」

五島が興味深げに訊いた。

これは夏希も五島も知らなかった。

「具体的にはわかっていません。《ディスマス》の組織だと思います。おそらくはすべて海外拠点で作られたものでしょう」

小早川が顔をしかめた。

「市橋警備課長、堅田公安第二課長、藤掛警衛警護室副室長の傷害、器物損壊、窃盗の実行犯は誰なんですか?」

加藤は織田の目を見て訊いた。

「これはカワムラ、クォン、張の三人が手分けして実行したそうです」

要するに三つの事件の実行犯は三人しかいないのだ。

「三警視を誤認逮捕させたのは、県警警備部の警護態勢に混乱を招くためですよね？」

念を押すように小川が訊いた。

「そうです。長官襲撃のための布石のひとつだったんです」

織田はあごを引いた。

「もしかすると、ギュメット警視総監襲撃の誤情報を《ディスマス》はわざと流したのかな……」

加藤は目を光らせて訊いた。

「そうです。その点は五島くん、真田さんと僕は気づいていました。でも、警備部は聞こうとしなかったんです」

織田は悔しげに答えた。

「僕も途中からサイバー特捜隊と同じ考えに至りました。でも、警備部はギュメット総監襲撃説一色になってしまったんです。ギュメット総監にもしものことがあれば、日本の恥を世界にさらすことになりますからね」

小早川は口を尖《とが》らせた。

「重要な質問ですけど、織田さんの同級生だった福原って人はなんで殺されたんですか？」

冴美がまじめな顔で尋ねた。

「福原はバカな男です。あいつはXの雇われ仕事をしていたんですよ。で、能勢長官の略取計画を知って怖くなったんですね。それで僕に近づいて情報を売ろうとしたんですよ。で、《オージーヒート》に僕を呼び出した。実際に僕に会ったら、福原はタレコミするのが怖くなったんです。《ディスマス》に消されるとブルったみたいです。それで借金の話を始めた。あいつは投資で失敗して本当に金には困ってたんです。だからXの仕事にも手を染めてたわけですね。ところが、僕に会うことをXに勘づかれてしまった。それでXはカワムラたちに福原の抹殺を命じたわけです。僕が店を出た後、福原を縄で縛ってあの店のバックヤードに監禁していたのです。その後にカワムラとクォンに殺されて運河に落とされた。もともと福原は潰《つぶ》れる前の《オージーヒート》にはよく通っていたそうです。密談をするのに便利だったからだと思います。そのことをバイトをしていた張から聞いてカワムラは知っていました。どうやら張から新装開店の案内の電話がきたので僕をあの店に呼び出したようです。そもそも、福原を殺してその罪を僕になすりつける、彼らにとっては一石二鳥の計画のために、カワムラは《オージーヒート》を借りたんです」

織田は暗い顔で言った。

「そうだったんですか」

一石二鳥の計画には夏希は驚かざるを得なかった。

「とにかく今回みたいな犯罪は二度と起きてほしくないです」

冴美は声を落とした。

「それにしても加藤さんの働きはほんとにすごかったですねぇ」

五島は感心したような声で言った。

「俺？」

加藤は素《す》っ頓狂《とんきょう》な声を出した。

「だって、杉浦重治って男は事件との関わりは薄いじゃないですか。なんの犯罪もしちゃいない。だけど、杉浦が出てこなきゃカワムラのＩＰも出なかったし、僕はクラッキングの痕跡《こんせき》くらいしか探せなかったんですよ。でもカワムラのＩＰが出たおかげでたくさんの情報が入ってきました。最大の功績は襲撃場所の横浜北トンネルの座標を得られたことです」

詠嘆するように五島は言った。

「そりゃ、五島さん、あんたの功績だよ。それにヤツらのやり口が予想できなかったんで、まんまと長官をさらわれちまった。捜査一課と同じ考えで、俺は馬場換気所地上出口にヤツらが罠《わな》を張っていると思い込んでた。まさか避難通路をクルマで走ってくるとは思ってもいなかったね」

加藤は悔しそうに言った。

「加藤さん、サイバー特捜隊に来ませんか」

唐突に織田は夏希が予想もしなかったことを持ちかけた。

「冗談でしょ」

　加藤はまじめに取り合わなかった。

「大歓迎です。山中さんも大喜びだと思いますよ。二次会でも意気投合してたじゃないですか」

　誘うように五島が織田の言葉を引き継いだ。

「いや、俺は所轄が好きなんだよ。警察庁《サッチョウ》なんて役所に勤めたら三日で嫌になっちゃうね」

　まじめな声で加藤は答えてグラスのウィスキーを飲み干した。

　笑い声が響く。

　店内はすっかりなごやかな雰囲気に戻った。

「ねぇ、みんな。もう一回乾杯しません？」

　夏希は思い切って提案した。

「織田さんお帰り乾杯はもう三回もしたぞ」

　加藤が薄笑いを浮かべた。

「違うの。ここに集まったみんなの友情を祝して乾杯したいの」

　すごく面はゆくなるようなことを、酔いの力を借りて夏希は主張した。

「大賛成。わたし皆さんと飲めてすごく嬉《うれ》しいんです」

　明るい笑顔で冴美も賛同した。

「そうだね。僕なんて警備部に友達いないからなぁ」

泣き笑いの表情で小早川は言った。

「そんなまさか、小早川さん」

冴美の顔はまじめそのものだった。

「アリシアの分まで乾杯したいな」

小川もにこやかに賛同した。

「よし、マスター。《ベッレンダ　プロセッコ　コネリアーノ　ヴァルドッビアーデネ　ブリュット》は冷えてるよね？」

織田は夏希の知らないワインの名を口にした。

だが、プロセッコならばイタリア・ヴェネト州産のスパークリングワインだ。最近はシャンパーニュよりも売れているという。スペインのカヴァとシャンパーニュ、このプロセッコが世界三大スパークリングワインと呼ばれる。

「はい、二本ございます」

マスターはにこやかに答えた。

「ぬるくなるから一本ずつでいいよ。グラスは全員分ね」

「かしこまりました」

ワインクーラーにちょっと太っちょのボトルが運ばれた。テーブルの上には七個のフルートグラスが並べられた。

マスターはひとつひとつのグラスにていねいに注いでくれた。

「じゃあ、真田さんに乾杯のご発声を」

小早川が言ったが、提案者としては断るわけにもいかない。

夏希がグラスを取ると、全員がこれに倣った。

「では……不思議な運命に導かれて奇《く》しくもここに集った仲間たちの友情を祝して乾杯！」

皆が「乾杯」の言葉とともにグラスを高く掲げた。

グラスのなかで幸せがはじけた。

今夜は最高の夜になった。

織田の自由を誰もがこころから喜んでいる。

仲間と一緒にこんな夜を過ごす幸せに、夏希はすっかり酔っぱらっていた。

本書は書き下ろしです。
本作はフィクションであり、登場する
人物・組織などすべて架空のものです。

# 脳《のう》科《か》学《がく》捜《そう》査《さ》官《かん》　真《さな》田《だ》夏《なつ》希《き》

## エキセントリック・ヴァーミリオン

鳴《なる》神《かみ》響《きょう》一《いち》

令和５年 ７月25日　初版発行

発行者●山下直久

発行●株式会社KADOKAWA
〒102-8177　東京都千代田区富士見2-13-3
電話　0570-002-301（ナビダイヤル）

角川文庫 23729

印刷所●株式会社暁印刷
製本所●本間製本株式会社

表紙画●和田三造



●お問い合わせ
https://www.kadokawa.co.jp/（「お問い合わせ」へお進みください）
※内容によっては、お答えできない場合があります。
※サポートは日本国内のみとさせていただきます。
※Japanese text only


ISBN 978-4-04-113883-0　C0193

◇◇◇

# 角川文庫発刊に際して

角川源義

第二次世界大戦の敗北は、軍事力の敗北であった以上に、私たちの若い文化力の敗退であった。私たちの文化が戦争に対して如何に無力であり、単なるあだ花に過ぎなかったかを、私たちは身を以て体験し痛感した。西洋近代文化の摂取にとって、明治以後八十年の歳月は決して短かすぎたとは言えない。にもかかわらず、近代文化の伝統を確立し、自由な批判と柔軟な良識に富む文化層として自らを形成することに私たちは失敗して来た。そしてこれは、各層への文化の普及滲透を任務とする出版人の責任でもあった。

一九四五年以来、私たちは再び振出しに戻り、第一歩から踏み出すことを余儀なくされた。これは大きな不幸ではあるが、反面、これまでの混沌・未熟・歪曲の中にあった我が国の文化に秩序と確たる基礎を齎らすためには絶好の機会でもある。角川書店は、このような祖国の文化的危機にあたり、微力をも顧みず再建の礎石たるべき抱負と決意とをもって出発したが、ここに創立以来の念願を果すべく角川文庫を発刊する。これまで刊行されたあらゆる全集叢書文庫類の長所と短所とを検討し、古今東西の不朽の典籍を、良心的編集のもとに、廉価に、そして書架にふさわしい美本として、多くのひとびとに提供しようとする。しかし私たちは徒らに百科全書的な知識のジレッタントを作ることを目的とせず、あくまで祖国の文化に秩序と再建への道を示し、この文庫を角川書店の栄ある事業として、今後永久に継続発展せしめ、学芸と教養との殿堂として大成せんことを期したい。多くの読書子の愛情ある忠言と支持とによって、この希望と抱負とを完遂せしめられんことを願う。

一九四九年五月三日

# 角川文庫ベストセラー

脳科学捜査官 真田夏希
鳴神響一

神奈川県警初の心理職特別捜査官・真田夏希は、医師免許を持つ心理分析官。横浜のみなとみらい地区で発生した爆発事件に、編入された夏希は、そこで意外な相棒とコンビを組むことを命じられる――。

脳科学捜査官 真田夏希
イノセント・ブルー
鳴神響一

神奈川県警初の心理職特別捜査官の真田夏希は、友人から紹介された相手と江の島でのデートに向かっていた。だが、そこは、殺人事件現場となっていた。そして、夏希も捜査に駆り出されることになるが……。

脳科学捜査官 真田夏希
イミテーション・ホワイト
鳴神響一

神奈川県警初の心理職特別捜査官・真田夏希が招集された事件は、異様なものだった。会社員が殺害された後に、花火が打ち上げられたのだ。これは殺人予告なのか。夏希はSNSで被疑者と接触を試みるが――。

脳科学捜査官 真田夏希
クライシス・レッド
鳴神響一

三浦半島の剱崎で、厚生労働省の官僚が銃弾で撃たれ殺された。心理職特別捜査官の真田夏希は、この捜査で根岸分室の上杉と組むように命じられる。上杉は、警察庁からきたエリートのはずだったが……。

脳科学捜査官 真田夏希
ドラスティック・イエロー
鳴神響一

横浜の山下埠頭で爆破事件が起きた。捜査本部に招集された神奈川県警の心理職特別捜査官の真田夏希は、カジノ誘致に反対するという犯行声明に奇妙な違和感を感じていた――。書き下ろし警察小説。

# 角川文庫ベストセラー

脳科学捜査官 真田夏希
パッショネイト・オレンジ
鳴神響一

鎌倉でテレビ局の敏腕アニメ・プロデューサーが殺された。犯人からの犯行声明は、彼が制作したアニメを批判するもので、どこか違和感が漂う。心理職特別捜査官の真田夏希は、捜査本部に招集されるが……。

脳科学捜査官 真田夏希
デンジャラス・ゴールド
鳴神響一

葉山にある霊園で、大学教授の一人娘が誘拐された。その娘、龍造寺ミーナは、若年ながらプログラムの天才。果たして犯人の目的は何なのか？ 指揮本部に招集された真田夏希は、ただならぬ事態に遭遇する。

脳科学捜査官 真田夏希
エキサイティング・シルバー
鳴神響一

キャリア警官の織田と上杉の同期である北条直人が失踪した。北条は公安部で、国際犯罪組織を追っていたという。北条の身を案じた2人は、秘密裏に捜査を開始するが――。シリーズ初の織田と上杉の捜査編。

脳科学捜査官 真田夏希
ストレンジ・ピンク
鳴神響一

神奈川県茅ヶ崎署管内で爆破事件が発生した。捜査本部に招集された心理職特別捜査官の真田夏希は、SNSを通じて容疑者と接触を試みるが、容疑者は正義を掲げ、連続爆破を実行していく。

脳科学捜査官 真田夏希
エピソード・ブラック
鳴神響一

警察庁の織田と神奈川県警根岸分室の上杉。二人には、決して忘れることができない「もうひとりの同期」がいた。彼女の名は五条香里奈。優秀な警察官僚だった彼女は、事故死したはずだった――。

# 角川文庫ベストセラー

## 軌跡
今野　敏

目黒の商店街付近で起きた難解な殺人事件に、大島刑事と湯島刑事、そして心理調査官の島崎が挑む。（「老婆心」より）警察小説からアクション小説まで、文庫未収録作を厳選したオリジナル短編集。

## 熱波
今野　敏

内閣情報調査室の磯貝竜一は、米軍基地の全面撤去を前提にした都市計画が進む沖縄を訪れた。だがある日、磯貝は台湾マフィアに拉致されそうになる。政府と米軍をも巻き込む事態の行く末は？　長篇小説。

## 鬼龍
今野　敏

鬼道衆の末裔として、秘密裏に依頼された「亡者祓い」を請け負う鬼龍浩一。企業で起きた不可解な事件の解決に乗り出すが……恐るべき敵の正体は？　長篇エンターテインメント。

## 陰陽
鬼龍光一シリーズ
今野　敏

若い女性が都内各所で襲われ惨殺される事件が連続して発生。警視庁生活安全部の富野は、殺害現場で謎の男・鬼龍光一と出会う。祓師だという鬼龍に不審を抱く富野。だが、事件は常識では測れないものだった。

## 憑物
鬼龍光一シリーズ
今野　敏

渋谷のクラブで、15人の男女が互いに殺し合う異常な事件が起きた。さらに、同様の事件が続発するが、その現場には必ず六芒星のマークが残されていた……警視庁の富野と祓師の鬼龍が再び事件に挑む。

# 角川文庫ベストセラー

## 豹変
鬼龍光一シリーズ
今野　敏

世田谷の中学校で、3年生の佐田が同級生の石村を刺す事件が起きた。だが、取り調べで佐田は何かに取り憑かれたような言動をして警察署から忽然と消えてしまった――。異色コンビが活躍する長篇警察小説。

## 殺人ライセンス
今野　敏

高校生が遭遇したオンラインゲーム「殺人ライセンス」。ゲームと同様の事件が現実でも起こった。被害者の名前も同じであり、高校生のキュウは、同級生の父で探偵の男とともに、事件を調べはじめる――。

## 捜査流儀
警視庁剣士
須藤靖貴

警視庁捜査一課の郷謙治は、刑事でありながら警視庁剣道の選ばれし剣士。池袋で発生した連続放火・殺人事件の捜査にあたる郷は、相棒の竹入とともに地を這う聞き込みを続けていた――。剣士の眼が捜査で光る！

## 偽装潜入
警視庁捜一刑事・郷謙治
須藤靖貴

池袋で資産家の中年男性が殺された。被害者は、自宅に現金を置き、隠す様子もなかったという。身内の犯行が推測されるなか、警視庁の郷警部は、キャリア警部の志塚とともに捜査を開始する。

## 警視庁潜入捜査官　イザヨイ
須藤靖貴

警察庁から出向し、警視庁に所属する志塚典子に、上層部から極秘の指令がくだった。それは、テレビ局内で起きた元警察官の殺人事件を捜査することだった。犯人は、警察内部にいるのか？　新鋭による書き下ろし。

# 角川文庫ベストセラー

## 逸脱　捜査一課・澤村慶司　堂場瞬一

10年前の連続殺人事件を模倣した、新たな殺人事件。県警を嘲笑うかのような犯人の予想外の一手。県警捜査一課の澤村は、上司と激しく対立し孤立を深める中、単身犯人像に迫っていくが……。

## 天国の罠　堂場瞬一

ジャーナリストの広瀬隆二は、代議士の今井から娘の香奈の行方を捜してほしいと依頼される。彼女の足跡を追ううちに明らかになる男たちの影と、隠された真実とは。警察小説の旗手が描く、社会派サスペンス！

## 歪　捜査一課・澤村慶司　堂場瞬一

長浦市で発生した2つの殺人事件。無関係かと思われた事件に意外な接点が見つかる。容疑者の男女は高校の同級生で、事件直後に故郷で密会していたのだ。県警捜査一課の澤村は、雪深き東北へ向かうが……。

## 執着　捜査一課・澤村慶司　堂場瞬一

県警捜査一課から長浦南署への異動が決まった澤村。その赴任署にストーカー被害を訴えていた竹山理彩が、出身地の新潟で焼死体で発見された。澤村は突き動かされるようにひとり新潟へ向かったが……。

## 黒い紙　堂場瞬一

大手総合商社に届いた、謎の脅迫状。犯人の要求は現金10億円。巨大企業の命運はたった1枚の紙に委ねられた。警察小説の旗手が放つ、企業謀略ミステリ！

# 角川文庫ベストセラー

## 十字の記憶
堂場瞬一

新聞社の支局長として20年ぶりに地元に戻ってきた記者の福良孝嗣は、着任早々、殺人事件を取材することになる。だが、その事件は福良の同級生2人との辛い過去をあぶり出すことになる――。

## 約束の河
堂場瞬一

幼馴染で作家となった今川が謎の死を遂げた。法律事務所所長の北見貴秋は、薬物による記憶障害に苦しみながら、真相を確かめようとする。一方、刑事の藤代は、親友の息子である北見の動向を探っていた――。

## 砂の家
堂場瞬一

「お父さんが出所しました」大手企業で働く健人に、弁護士から突然の電話が。20年前、母と妹を刺し殺して逮捕された父。「殺人犯の子」として絶望的な日々を送ってきた健人の前に、現れた父は――。

## 警視庁監察室
ネメシスの微笑
中谷航太郎

高井戸署の交番勤務の警察官・新海真人は、妹の麻里を「事故」で喪った。妹の死は、危険ドラッグ飲用による中毒死だったが、その事件で誰も裁かれることはなかった。その時から警察官としての人生が一変する。

## 警視庁監察室
報復のカルマ
中谷航太郎

新宿署の組織犯罪対策課の刑事・宗谷弘樹が殺害された。そして直後に、宗谷に関する内部告発が本庁の電話にあった。監察係に配属された新海真人は、宗谷関連の情報を調べることになったが――。

# 角川文庫ベストセラー

## 警視庁監察室
ヤヌスの二つの顔

中谷航太郎

警視庁監察係の新海真人は、麻薬取締官と科捜研の検査官から報告を受けた。成田空港で新たな違法ドラッグが持ち込まれたという。それは、真人の妹を死なせたドラッグと成分が酷似していた――。

## 鳥人計画

東野圭吾

日本ジャンプ界期待のホープが殺された。ほどなく犯人は彼のコーチであることが判明。一体、彼がどうして？　一見単純に見えた殺人事件の背後に隠された、驚くべき「計画」とは!?

## 探偵倶楽部

東野圭吾

「我々は無駄なことはしない主義なのです」――冷静かつ迅速。そして捜査は完璧。セレブ御用達の調査機関〈探偵倶楽部〉が、不可解な難事件を鮮やかに解き明かす！　東野ミステリの隠れた傑作登場!!

## さいえんす？

東野圭吾

「科学技術はミステリを変えたか？」「男と女の〝パーソナルゾーン〟の違い」「数学を勉強する理由」……元エンジニアの理系作家が語る科学に関するあれこれ。人気作家のエッセイ集が文庫オリジナルで登場！

## 殺人の門

東野圭吾

あいつを殺したい。奴のせいで、私の人生はいつも狂わされてきた。でも、私には殺すことができない。殺人者になるために、私には一体何が欠けているのだろうか。心の闇に潜む殺人願望を描く、衝撃の問題作！

# 角川文庫ベストセラー

## ちゃれんじ？　東野圭吾

自らを「おっさんスノーボーダー」と称して、奮闘、転倒、歓喜など、その珍道中を自虐的に綴った爆笑エッセイ集。書き下ろし短編「おっさんスノーボーダー殺人事件」も収録。

## さまよう刃　東野圭吾

長峰重樹の娘、絵摩の死体が荒川の下流で発見される。犯人を告げる一本の密告電話が長峰の元に入った。それを聞いた長峰は半信半疑のまま、娘の復讐に動き出す——。遺族の復讐と少年犯罪をテーマにした問題作。

## 使命と魂のリミット　東野圭吾

あの日なくしたものを取り戻すため、私は命を賭ける——。心臓外科医を目指す夕紀は、誰にも言えないある目的を胸に秘めていた。それを果たすべき日に、手術室を前代未聞の危機が襲う。大傑作長編サスペンス。

## 夜明けの街で　東野圭吾

不倫する奴なんてバカだと思っていた。でもどうしようもない時もある——。建設会社に勤める渡部は、派遣社員の秋葉と不倫の恋に墜ちる。しかし、秋葉は誰にも明かせない事情を抱えていた……。

## ナミヤ雑貨店の奇蹟　東野圭吾

あらゆる悩み相談に乗る不思議な雑貨店。そこに集う、人生最大の岐路に立った人たち。過去と現在を超えて温かな手紙交換がはじまる……張り巡らされた伏線が奇蹟のように繋がり合う、心ふるわす物語。

# 角川文庫ベストセラー

## 刑事に向かない女
黙認捜査
山邑　圭

解体中のビルで若い男の首吊り死体が発見された。男は元警察官で、強制わいせつ致傷罪で服役し、出所したばかりだった。自殺かと思われたが、荻窪東署の刑事・椎名真帆は、他殺の匂いを感じていた。

## コールド・ファイル
警視庁刑事部資料課・比留間怜子
山邑　圭

初めての潜入捜査で失敗し、資料課へ飛ばされた比留間怜子は、捜査の資料を整理するだけの窓際部署で、鬱々とした日々を送っていた。だが、被疑者死亡で終わった事件が、怜子の運命を動かしはじめる！

## THE NEXT GENERATION
パトレイバー①　佑馬の憂鬱
監修／押井　守
著／山邑　圭

警視庁警備部特科車両二課――通称「特車二課」は、存続の危機にあった。総監の視閲式で、特車二課の二機のレイバーが放った礼砲が、式典を破壊する事件が起きたのだ。そんな中、緊急出動が命じられた！

## THE NEXT GENERATION
パトレイバー②　明の明日
監修／押井　守
著／山邑　圭

「特車二課」の平穏で退屈な日々が続くなか、レイバーの1号機操縦担当の泉野 明は、刺激を求めゲームセンターへ向かった。だが、そこで待ち受けていたのは、「勝つための思想」を持った無敗の男だった。

## THE NEXT GENERATION
パトレイバー③　白いカーシャ
監修／押井　守
著／山邑　圭

FSB（ロシア連邦保安庁）から警視庁警備部へやってきたカーシャは、特車二課での日々にうんざりしていた。満足に動かないレイバーと食事で揉める隊員たち。だが、そんな平穏を壊すテロ事件が発生した！